Manfred Rebhandl

SCHEISS DICH NICHT AN – LEBE!

GEGRÜNDET
1999

Manfred Rebhandl wurde 1966 in Oberösterreich geboren.
Seit 1995 ist er als freier Autor von diversen Drehbüchern für Film und Fernsehen tätig. Er lebt in Wien.

Manfred Rebhandl

SCHEISS DICH NICHT AN – LEBE!

Ein Biermösel-Krimi

Czernin Verlag, Wien

Gedruckt mit Unterstützung der Stadt Wien / MA 7 und der Kulturabteilung des Landes Oberösterreich

Landschaften und Personen sind frei erfunden.

Rebhandl, Manfred: Scheiß dich nicht an – lebe!/
Manfred Rebhandl
ISBN: 978-3-7076-0250-0

Umschlaggestaltung: Bernd Püribauer
Satz: Elisabeth Natz
Druck: Druckerei Theiss GmbH, A-9431 St. Stefan
ISBN: 978-3-7076-0250-0

Für Tina.
Danke für alles.

Inhalt

Prolog	9
Betriebsausflug	10
Frühlingserwachen	16
Früher Vogel fängt den Wurm	22
Hasenscharten-Ulf	29
Kind des Frühlings	37
Süßes Schweinchen Jugend	43
Föhn und Fön	51
Tage des Zorns	61
Verschellt	71
Schweinchen Dick	79
„Bob spricht!“	85
Diesseits der Baumgrenze	92
Jenseits der Baumgrenze	100
Scheiß dich nicht an – lebe!	109
Western	114
Ostern	121
Reise in den Darm der Finsternis	130
Meisterschuss	143
Suppenedgar	152
Greatest story ever told	161

Prolog

Einmal, Kruzifix, einmal nur, dass ihm im Frühling nicht der Föhn auf den Schädel drauffällt und ihn die furchtbaren Schmerzen zu einer unsteuerbaren Bestie machen! Einmal nur, dass dann nicht wieder alles im unkontrollierten Amoklauf endet und er den Weg auf die Titelseite vom *Ländlichen Boten* schafft, nur weil er wieder ein bisserl überreagiert hat, einmal nur, dass ihm der ganze Blödsinn im Frühling erspart bleibt, das täte ihm so gut!

Oder einmal, Kruzifix, dass auch er eine packen könnte im Frühling, und zwar so, dass es ihr bei den Ohren herausstaubt und alle Weiber im Tal nur noch von ihm reden, dem Beglücker der Frauen, einmal nur, das müsste sich doch ausgehen in seinem Leben!

Und einmal wenigstens, dass er für diese eine Nacht irgendwo eine Unterhose finden könnte, die ein bisserl länger hält als 30 Jahre! Du meine Güte, was hat der Mann für eine Erwartung an eine Unterhose, was wäre seine Antwort auf diese Frage? Dass man sie nicht alle Jahre waschen muss wegen jedem Dreck, das wäre das eine. Und dass sie ein bisserl was aushält, bevor man dann sowieso früh genug wieder Windeln tragen muss, das wäre das andere.

So eine Unterhose wie die vom Superman halt, das wäre seine Erwartung.

Betriebsausflug

Der E. E. Biermösel sitzt an diesem schönen Frühlingsmorgen auf seinem neu ausgebauten Erlebnispark am Gendarmerieposten in Aussee herüben und blättert im internationalen Teil vom *Ländlichen Boten*, er blättert und blättert und schaut sich dabei ein paar sehr blutrote Fotos an, aber du meine Güte, was die da heute wieder zu bieten haben, das macht ihm den Mund auch nicht wässrig und lockt ihn so gar nicht von seiner Muschel herunter – „Kriege hier und Kriege da, Kriege, Pest und Cholera!" lautet die ewige Hymne der depperten Menschheit, in die er so gar nicht einstimmen mag. Was die Probleme von der großen weiten Welt und der depperten Menschheit anbelangt, unterscheidet der Biermösel ja zwischen denen, die ihn gar nicht interessieren, und den anderen, die ihn überhaupt nicht interessieren, dazu kommen noch alle Probleme, von denen er noch gar nie gehört hat.

Er selbst ist ja noch nicht viel herumgekommen in der großen weiten Welt, muss er zugeben, der Marco Polo unter den Landgendarmen ist er nicht geworden, Zeit seines Lebens ist er mehr der Furchengeher geblieben, als dass er sich zum großen Welteroberer aufgeschwungen hätte. Na gut, will er sich dann aber doch nicht kleiner machen, als er ist, oben in Linz ist er früher natürlich schon öfter gewesen, wie er dort die Gendarmerieschule besucht hat und der Jahrgangsbeste in „Schießen aus der Hüfte heraus" war, aber das ist lange her. Und drüben in Gmunden kennt er sich auch ganz gut aus, seit er vom dortigen Krankenhaus den alten Biermösel hat abholen müssen, den er dann im Siechenheim in Goisern drüben abgegeben hat, wo er sich jetzt selbstverständlich auch ganz gut auskennt. Aber das waren sie auch schon im Wesentlichen, seine Erfahrungen mit den Überlandfahrten innerhalb der allzu engen Grenzen seiner wunderbar saftigen Heimat, zu mehr hat es bei ihm nicht gereicht.

Sobald der Biermösel nämlich die Glocken von seiner heimatlichen Pfarrkirche nicht mehr gehört hat, hat er lieber umgedreht und ist wie der Hund in die Hütte sofort zurückgerannt und hat sich auf die warme Ofenbank in der Wirtsstube von der Roswitha im Auerhahn drüben gelegt.

Allerdings, muss der Biermösel jetzt wieder einmal die guten alten Zeiten loben, hat man sich das Glockengeläute von der heimischen Pfarrkirche damals noch anhören können, was ja heute leider nicht mehr der Fall ist, seit der Hasenscharten-Ulf aus dem Glockenturm vom Pfarrer Hein verschwunden ist und der Biermösel gar nicht mehr weit genug davonrennen könnte, damit er das elende Dingdong aus dem Glockenturm von seiner Bruchbude nicht mehr hören muss. Bei dem, was der Pfarrer Hein heute selbst zusammenläutet, kann es nämlich gut sein, dass der regionale Teil vom *Ländlichen Boten* sehr bald wieder sehr voll sein wird mit Berichten über ihn, den Schießwütigen, der das Problem vom immer weiter um sich greifenden Wahnsinn vom Pfarrer Hein endgültig gelöst haben wird, und zwar mit der Präzisionsbüchse. Aber gut, will der Biermösel der Geschichte jetzt nicht vorgreifen, noch ist es ja nicht so weit.

Noch freut er sich sehr darauf, dass er nach 35 Jahren Flaute im Privaten wie im Beruflichen heuer endlich was erleben wird. Zeit wird es ja, dass die windstille See endlich ein bisserl auffrischt und seine kleine Nussschale, in der er im Meer des Lebens dahintreibt, ein paar Meter weit anschiebt. Zeit wird es wirklich, dass er mit der Anni nach Kaprun ins Gendarmerieerholungsheim hinüberfährt und sie dort endlich packen wird, lieber mit der Anni nach Kaprun hinüber und sie dort packen, als noch einmal mit seinen Kameraden ins Ausland fahren, danke herzlich, so was Schreckliches will der Biermösel kein zweites Mal erleben.

Vom Ausland insgesamt ist der Biermösel ja kein Freund mehr, seit er gleich am Beginn von seiner beispiellosen Laufbahn am sehr schlecht organisierten Betriebsausflug vom Innenministerium hat teilnehmen müssen, während dem sich die neu aufgenommenen Kameraden in der Gendarmerieschule hätten besser kennen lernen und miteinander anfreunden sollen. Daraus ist dann aber leider nichts geworden, so viel kann er gerne verraten, Freunde fürs Leben hat er am Betriebsausflug von der Gendarmerie leider keine gefunden.

Was ist passiert?

Im rot-weiß-roten Gendarmerie-Autobus vom Innenministerium hätte die Reise eigentlich über das kleine deutsche Eck ins Heilige Land Tirol hinüber zum Goldenen Dachl in Innsbruck gehen sollen, auf das er als Radikalpatriot natürlich auch sehr stolz ist, nur dass sie es leider nie gesehen haben, weil der Biermösel schon weit vorm Grenzübertritt nach Deutschland hinüber angefangen hat, wegen seiner brennenden Venen zu jammern, „aua, meine Venen!", hat er dauernd geschrien, womit im Prinzip sowieso schon besprochen war, dass ihn die lieben Kameraden nicht in ihre Mitte aufnehmen und in ihr Herz schließen werden.

Dabei hat der Ausbildner sogar ein paar Kisten Starkbier mitgehabt, was er ihm hoch angerechnet hat. Aber leider hat er auch die Noten für „Gute Freunde kann niemand trennen" sowie eine Blockflöte für jeden von ihnen mitgehabt, womit er die Saat für das Kommende im Grunde selbst gelegt hat, weil der Biermösel schon das depperte Busfahren alleine nicht leiden kann, das fröhliche Singen und Blockflötengedüdel während dem Busfahren aber hält er im Schädel nicht aus, „Hoch auf dem gelben Wagen" und „Ja so warn s', die alten Rittersleut'!" im gemeinschaftlichen Chor – nein danke, lieber ohne ihn! Das ist er vom Typ her einfach überhaupt nicht.

Der Biermösel hat sich also lieber mit der frisch ausgefassten Dienstwaffe in der Hand die paar Kisten Starkbier alleine unter den Nagel gerissen und sich damit hinten im Bus verschanzt, während die lieben Kameraden dann alle in den vorderen Reihen gesessen sind und ohne ihn „Gute Freunde kann niemand trennen" gesungen haben, am Anfang noch sehr fröhlich, in der Folge aber mit immer schwächerer Stimme und immer stärker angeschissenen Unterhosen, weil er ihnen die leeren Bierflaschen auch noch um die Ohren gepfeffert hat, heiliger Bimbam, die lieben Kameraden haben ihn dann gleich von seiner allerbesten Seite kennen lernen dürfen!

Eine Abenteuerreise ins Ungewisse war der Betriebsausflug dann aber mit oder ohne Blockflöte nicht, außer vielleicht in der Folge für seine lieben Kameraden und namentlich für den Busfahrer Steinermaier, um dessen Freundschaft er sich noch gesondert bemüht hat:

„Habe die Ehre", hat er zu ihm gesagt, als er nach der fünften Kiste Starkbier dann doch schon leicht angedüdelt war. „Ich bin der Biermösel aus Aussee drüben, der E. E. Biermösel, um genau zu sein. Kannst du Trottelvieh von einem depperten Busfahrer deine Rostschüssel von einem Reisebus vielleicht kurz anhalten, damit ich austreten kann, habe die Ehre noch einmal!"

Du meine Güte!, muss er jetzt fast ein bisserl über sich selbst den Kopf schütteln, damals hat er es wirklich noch können. Aber er war jung, und es war Frühling, und das ist halt überall auf der Welt eine besonders explosive Mischung, wenn man sie noch mit ein paar Litern Starkbier anrührt und den Sonnenstich dazugibt.

Der Rotzlöffel von einem Busfahrer hat sich aber zunächst überhaupt geweigert, dass er mit ihm redet, weil er sich justament hat anschauen wollen, wer von ihnen beiden der Stärkere ist. Also hat er sich lieber auf seine Kosten lustig gemacht und „nur Bier, nie Möse" über ihn gespottet, womit er fürs Erste die Lacher noch auf seiner Seite gehabt hat, allerdings wirklich nur fürs Erste, sehr bald haben sie dann nämlich alle miteinander geweint.

Der Biermösel hat dem renitenten Busfahrer seine linke Faust „Krankenhaus“ sanft auf die Schädeldecke gelegt und dann mit der rechten Faust „Friedhof“ fest draufgedroschen, und weil der Steinermaier davon und wegen dem halben Genickbruch auf einmal bewusstlos bis dorthinaus war und der Biermösel dann halt wirklich schon sehr dringend hat austreten müssen, hat er ihn nach erfolgtem Grenzübertritt nach Deutschland hinüber einfach bei den Ohrwascherln genommen und mitsamt der Tür weit ins Gemüse hinausgeschmissen, aber Kruzifixnocheinmal, manchmal muss halt ein anderer zu den Beilagen hinaus, damit man selbst endlich aufs Scheißhaus gehen kann. Und wenn der Biermösel so dringend muss wie damals, dann ist ihm sowieso jedes Mittel recht, auch das äußerste Mittel der Geiselnahme.

Mitsamt dem Gestänge und dem halben Motorblock hat er dann einfach das Steuer an sich gerissen, wodurch der ganze depperte Reisebus aber zunächst natürlich ein bisserl ins Schlingern geraten ist, bevor er dann über den Umweg Böschung und nach einem zweifachen Überschlag rückwärts doch wieder auf allen vieren zum Stehen gekommen ist, und zwar auf einem Parkplatz im benachbarten Ausland drüben, wo der Biermösel dann im kompletten Vollrausch einfach den nächsten Baum angesteuert hat, hinter dem er dann wie der Waldi endlich sein Geschäft verrichten hat können, und zwar das *große*, wie er abschließend berichten darf – halleluja, früher hat er es einfach wirklich noch können!

Nachdem er damit fertig war, hat er sich am Parkplatz auch gleich die schmerzenden Füße vertreten wie früher der Boogie-King nach der langen durchtanzten Nacht, während die Kameraden alle miteinander im Bus drinnen gesessen sind und mit den Zähnen geklappert haben – „schieß uns bitte nicht auch noch über den Haufen, Biermösel!“, haben sie gebettelt wie die Waschweiber im Wildwestfilm, als er dann endlich entspannt und befreit von aller Last – breitbeiniger noch als der John Wayne nach einem langen arbeitsreichen Tag auf seinem

Bronco! – zum Bus zurückgekommen ist – „schieß uns bitte nicht über den Haufen!“

Aber da hat der Biermösel natürlich längst Blut geleckt gehabt, und an einer so genannten Deeskalation, wie sie in der Gendarmerieschule im Sinne einer komplett falsch verstandenen Friedfertigkeit auch gelehrt worden ist, war ihm in diesem Augenblick nicht mehr gelegen, eher im Gegenteil.

Auf einmal hat er nämlich gespürt, wie erhebend es sein kann, wenn sich andere vor einem in Todesangst verstecken, nur weil man ein bisserl außer Kontrolle gerät und mit der Glock in der Hand herumrennt und vielleicht ein bisserl herumballert, herrlich war das! Dann hat er noch zu jedem Einzelnen „spring, du Feigling!“ gesagt, bevor sie einer nach dem anderen mit „La Montanara“ auf den Lippen durch die von ihm zerschossenen Scheiben vom Bus herausgesprungen und in alle Richtungen davongerannt sind, peng, peng, peng!

Das war sie dann aber auch schon, seine erste und bisher einzige Erfahrung mit dem Ausland. Und dass er davon so begeistert gewesen wäre, dass er gleich einen Lichtbildervortrag gehalten hätte, das kann er eigentlich nicht behaupten. Recht viel mehr war ja nicht, als dass er auf Deutschland geschissen und ein bisserl herumgeballert und sich durch die überraschende Geiselnahme bei der Gendarmerie keine Freunde fürs Leben gemacht hat. Eine ausgedehnte Auslandsreise zu den nördlichen Nachbarn kannst du so was jedenfalls nicht nennen, ein mehrwöchiger Aufenthalt bei den Freunden der Weißwurst sieht mit Sicherheit anders aus.

Aber er hat wenigstens was erlebt damals, will er seine erste und einzige Auslandsreise jetzt auch nicht kleinreden. Und das war bei weitem mehr, als er heute über sich sagen kann.

Frühlingserwachen

Der Biermösel sitzt dann noch immer auf seinem Erlebnispark und zischt eine erste Flasche Osterbock, damit er nicht ganz austrocknet, während er sitzt. Er zischt und zupft dann sowieso lieber an den Blättern von seiner mitgebrachten Frühlingsblume herum, als dass er sich weiter für die große weite Welt im Ausland und ihre immensen Probleme interessiert. Er zupft und zupft und rückt dabei immer unruhiger auf seiner Muschel herum, und dann denkt er sich: Na gut, jetzt kann er ja endlich verraten, dass er auf gar keinem Erlebnispark sitzt, sondern auf seinem Scheißhaus, aber freuen tut er sich jetzt trotzdem sehr darauf, dass er heuer noch was erleben und die Anni drüben im Gendarmerieerholungsheim in Kaprun endlich packen wird, darauf freut er sich jetzt wirklich schon sehr.

„Biermösel, ich lass wegen dir alles liegen und stehen und flieg mit dir in Richtung Glück", hat die Anni zwar nicht gesagt, als er sie im frühlingshaften Überschwang und im Osterbock-Komplettrausch gefragt hat, ob sie sich von ihm vielleicht endlich packen lassen will. Aber sie hat auch nicht „nein" gesagt, und das ist bei weitem mehr, als einer wie er vom Leben erwarten darf, so wie er im Moment ausschaut – wie der Zottelbär im engen Gehege schaut er nämlich aus! Da kann er dem Herrgott schon danken, wenn eine nicht sofort den Kittel hinaufzieht und vor ihm davonrennt, also Dank sei Gott dem Herrn!

Wenn der Biermösel also bei der Anni heuer wirklich noch landen will, dann wird er sich vorher ein bisserl säubern müssen, er wird die alte verrunzelte Haut abstreifen und die neue der aufsteigenden Sonne darbieten. Wie eine frische Mon Chéri will er sich vor der Anni auswickeln, wenn es dann so weit sein wird, gekämmt, geschnäuzt, gewaschen und frisiert will er sein, frisch wie der morgendliche Tau auf den saftigen Wiesen. Der Adler Biermösel möchte sein schönstes Federkleid tragen, wenn er die Anni anfliegt, „also tu was, Biermösel!“, feuert er sich selbst ein bisserl an, „häute dich endlich!“

Nach einem allzu langen Winter wird sich heuer der allzu lange hinausgeschobene Frisörbesuch nicht mehr länger hinausschieben lassen, auch wenn den Biermösel der Frisörbesuch so glücklich macht wie den Delinquenten das Hackebeil vom Henker. Lieber geht er ja zum Zahnarzt als zum Frisör, und lieber springt er gefesselt in den Kanal hinein, als dass er zum Zahnarzt geht, also soll sich jetzt bitte ein jeder zusammenreimen, wie gerne er zum Frisör geht.

Da freut er sich ja – im Vergleich! – fast schon auf die gründliche Fußwaschung, die ihm heuer nach mittlerweile schon zwei sehr langen Wintern auch nicht erspart bleiben wird, wenn er mit der Anni wirklich in die Kiste hüpfen will, Heilige Maria Muttergottes, da werden wieder alle schön deppert schauen, wenn sich die gewisse eklatante Duftwolke über das weite Land legen und es zum Stillstand bringen wird, sobald er seine Schuhbänder auch nur anschaut. „Wie kann er denn so was tun?!“, werden sie wieder alle jammern, „hat er denn keine Seife daheim?“, werden sie sich alle fragen.

Und dann ist da natürlich immer die lästigste und schwierigste Frage überhaupt, die ein Mann beantworten muss, bevor er einer Dame gegenübertritt, die Oberbekleidung ablegt und die Winchester durchlädt – kurze oder lange Unterhose? Du meine Güte, nach all den langen Wintern braucht der Biermösel dann wirklich dringend eine frische und saubere Unterwäsche, aber Frage an Radio Biermösel: Woher nehmen, wenn nicht stehlen?

Gesundheitlich? Danke, an seiner Gesundheit wird es heuer sicher nicht liegen, wenn er beim Anflug auf die Anni doch wieder abstürzt. Besser wird es ja nicht mehr werden in seinem Alter, „sauschlecht“ ist bei ihm ja schon „recht gut“. Als solides Unterfutter zu all den anderen Beschwerden quälen ihn natürlich seine Probleme unten herum, aber die quälen ihn seit

Anbeginn der Welt. Dazu kommt die Fettleber, die ihn heuer sogar noch ein bisserl stärker zwickt als im letzten Jahr, weil ihm die Roswitha nur noch die eingefrorenen Schweinereien auftischt anstatt der frisch abgestochenen Sauen, die natürlich viel gesünder wären. Seit der Doktor Krisper ihr nämlich im Zuge von einer Notoperation den halben Magen und mit dem halben Magen auch gleich die ganze Lebensfreude mit herausgeschnitten hat, schlachtet sie ja nicht mehr, weil ihr zum Schlachten die Substanz fehlt, und der Biermösel leidet sehr unter der falschen Ernährung.

Dafür aber zerreißt es ihn heuer nicht mehr wie all die Jahre davor, wenn er im Frühling auch nur daran gedacht hat, dass er das Fenster einen Spalt breit aufmacht und einmal kräftig durchatmet. Den furchtbar hartnäckigen Heuschnupfen als Begleitmusik – „hatschi!" – zur ständig steigenden Frühlingssonne hat er heuer endlich besiegt:

„Kann ich dir vermitteln Termin bei meine kleine Bruder Hristov oben in Hamburg-Altona, wo ist er Boxer in Talenteschmiede", hat der Doktor Krisper zu ihm gesagt, wie ihn der Biermösel wegen seinem Heuschnupfen mit der eigenen rechten Faust auf eine Lösung hat festnageln wollen. „Sprich: Kann er dir zuerst mit linke Haken und dann mit rechte Gerade Nase so verbiegen, dass Heuschnupfen ist Probleme von gestern, sprich: Falls kleine Bruder Hristov einmal tut, was große Bruder ihm sagt, weil muss ich ehrlich sein, Biermösel: Kleine Bruder Hristov ist unverlässlich und böse, undankbar und blöde, muss ich spucken auf Boden, wenn ich rede über meine kleine Bruder Hristov oben in Hamburg-Altona."

Na bumsti!, hat sich der Biermösel gedacht, da hab ja sogar ich es einmal besser erwischt mit meinem kleinen Bruder, auch wenn sein kleiner Bruder natürlich eine kleine Schwester ist und Roswitha heißt. Die ist zwar auch unverlässlich und undankbar, aber dafür mit einer gusseisernen Pfanne ausgerüstet, mit der sie ihm dann Gott sei Dank die Reise nach Hamburg erspart hat, wie sie noch die Substanz dazu gehabt hat – und prack! Mit einer eleganten Rückhand hat sie den Biermösel notoperiert, kaum dass er sie darum gebeten hat, und das gleich so sorgfältig, dass es nicht beim einfachen Nasenbluten geblieben ist, sondern sein Zinken jetzt innen drinnen so verwinkelt und verbogen ist, dass kein Heu mehr hineinkommt und kein Schupfen heraus, bravo, da muss er seine kleine Schwester auch einmal ein bisserl loben.

Der Biermösel steckt dann seinen mehrfach zertrümmerten Riechkolben noch tiefer in die herrlich duftende Blüte von seiner Frühlingsblume hinein anstatt in die Druckerschwärze vom *Ländlichen Boten* und damit in Probleme, die ihn ja wirklich nichts angehen. Er zupft immer weiter an seinem Gemüse herum – „sie liebt mich, sie liebt mich nicht" –, während er den frischen Duft vom neuen Morgen atmet, mmmhm, denkt er sich, herrlich ist das! Er fühlt sich wohl wie die Laus in der Rockerfrisur vom verstorbenen Herrn Jesus Christus, seine Aussichten sind blendend, die traurige Vergangenheit hinter ihm interessiert ihn nicht mehr. Kein Gewicht beschwert heute seine vorösterliche Seele. Leicht wie der geölte Blitz durch die Pfanne gleitet er aus seinem früher so depperten Leben hinaus in Richtung strahlende Zukunft und gemeinsames Glück zu zweit, wie man es sonst nur aus dem grenzenlos depperten Liebesfilmfernsehen kennt. Nichts und niemand vermag ihn mehr aufzuhalten, denn es ist endlich Frühling geworden, halleluja, und im Frühling ist der Biermösel einfach immer so gut drauf.

Im Frühling lacht er sich buckelig über die alten Weiber, die nach einem langen Winter ihre Zähne nicht mehr finden. Oder er scheißt sich überhaupt an vor Lachen über den Bauer Erwin zum Beispiel, der die lustige Magd Magda erschossen hat, nachdem sie ihm überraschend eröffnet hat, dass er es letztlich doch nicht ist für sie: „Erwin", hat sie im Überschwang der Frühlingsgefühle gesagt, „während dem Winter hast du mich ja ganz gut gewärmt, aber im Frühling juckt es mich halt woanders als in den kalten Füßen, da kann ich dich nicht mehr brauchen mit deinem impertinenten Silage-Geruch." Also hat der Bauer Erwin sie lieber gleich kaltgemacht, bevor sie sich von einem anderen wärmen lässt, und „Alter Bauer sucht neue Frau", du meine Güte!, jetzt halt aus dem Gefängnis heraus.

„Aaaah, der Frühling und seine herrlichen Düfte!", will der Biermösel dann nicht immer nur den ewigen Scheißdrauf spielen und insbesondere auch die herrlichen Düfte vom Frühling einmal ein bisserl loben. Ein wahrer Segen sind die frischen Düfte vom neuen Morgen, die ein gutes Stück die strengen Düfte von seinen alten Winden vertreiben, die er über den letzten Winter vom Erlebnispark aus in die Kanalisation hinuntergejagt hat, einen nach dem anderen, einer lauter als der andere – „Herrgottnocheinmal!", ist er von sich immer wieder aufs Neue begeistert, wie er ein weiteres sehr schönes Junggesellenlied hinausschmettert, er kann es halt immer noch, er hat ja nichts verlernt!

„Sie liebt mich nicht, sie liebt mich schon", zupft der Biermösel dann immer weiter an seiner Frühlingsblume herum und träumt sich sehnsüchtig wie die depperte Gutsbesitzerin im Liebesfilmfernsehen in eine glückliche Welt, „sie liebt mich nicht, sie liebt mich sehr!", hofft er inständig, so sehr, dass die Anni bei ihm den Gendarmerieposten hoffentlich bald wieder herauswischen wird, sobald er sie in Kaprun drüben erst ordentlich gepackt und glücklich gemacht haben wird. „Sie liebt mich", zupft er weiter und freut sich sehr darüber, dass die Anni ihn liebt, „sie liebt mich nicht", ist er dann wieder ein bisserl mehr der Wirklichkeit zugetan, „sie liebt mich doch, sie liebt mich nicht, sie liebt mich schon, ja-nein, hin-her."Heiliger Bimbam!, muss der Biermösel sich dann wieder sehr über die Weiber und ihre ewigen Launen ärgern, was ist denn los mit ihnen, dass sie einfach überhaupt nie wissen, ob sie einen jetzt lieben oder nicht, Kruzifixnocheinmal, können die sich denn nie entscheiden?

Der Biermösel köpft dann zwei weitere Flaschen Osterbock, damit er nicht ganz entwässert, während er weiterzupft, und dann fragt er sich, ob er sich die gute frühlingshafte Laune jetzt wirklich von einer depperten Frühlingsblume verderben lassen soll, nur weil die sich wieder nicht entscheiden kann?

Sicher nicht! Mit seinem durch und durch schwarzgalligen Gemüt zieht der Biermösel ja im Grunde sowieso die Herbstzeitlose vor, so eine depperte Frühlingsdingsbums mit so einer kunterbunten Blüte oben drauf ist ja noch komplett grün hinter den Ohren und hat ja im Unterschied zur Herbstzeitlosen noch gar nichts erlebt, also drauf geschissen auf seine Frühlingsblume und hinaus mit ihr in den Garten, was weiß denn die schon von der Liebe? Gar nichts weiß der unnötige Kaktus von der Liebe!

Er jedenfalls ist bereit!

Früher Vogel fängt den Wurm

Na gut, gibt der Biermösel dann gerne zu, ganz bereit ist ein Mann ja nie, ganz bereit ist ein Mann ja immer erst, wenn er gekämmt und gebürstet im Sarg drinnen liegt. Noch schaut er ja wirklich nicht aus wie der junge Burt Reynolds, noch gibt es andere, die hübscher ausschauen als er und besser in Schuss sind.

Nach einem allzu langen Winter der Liebe gehören seine Scharniere da unten erst einmal ordentlich geölt, die Abschussvorrichtung muss noch justiert werden, die Granaten darunter gut gefüllt und der Zünder sorgfältig geputzt werden, da muss also noch einiges passieren, bevor er die Anni wird packen können.

Der Biermösel hat ja schon lange nicht mehr musiziert auf seiner Stalinorgel, muss er zugeben. Das gute Stück ist ein bisserl verstaubt in all den Jahren der Einsamkeit, während derer nur die Bettdecke seine treue Gefährtin war und es bei ihm in der Kiste immer nur dann heiß geworden ist, wenn er sich auch noch die Heizdecke darübergelegt hat, sonst war es ja immer bitterkalt bei ihm in der Kiste.

Sein Mörser hat also einiges an Gefährlichkeit eingebüßt, seit er ein hoffnungsvoller Zuchteber war und sein Himmel voller Knödel hing. Und mit seinen jetzt doch schon 60 Jahren am krummen Buckel hängt ihm auch keine Munitionsfabrik mehr zwischen den krummen Beinen in der leichten Frühlingshose herum und schießt er natürlich längst nicht mehr wie der Indianerpfeil aus dem hart gespannten Bogen heraus, aber Kruzifixnocheinmal, für das eine Mal auf der Anni wird es seine Winchester noch immer tun, sie muss es ja tun!

Allerdings, erinnert sich der Biermösel dann, lieber als mit seiner Winchester aus der Hose heraus hat er ja sowieso immer mit der Doppelläufigen gefeuert und in den letzten Jahren halt mit der Glock aus der Hüfte heraus. Und wenn er so wie heute einen weiteren komplett ereignislosen Vormittag auf seinem Erlebnispark verbringen muss, währenddem sich über Aussee erst langsam die dunklen Wolken zusammenbrauen müssen, die sich dann am Ende entladen und ihn in die Schlagzeilen vom regionalen Teil vom *Ländlichen Boten* bringen werden, dann holt er am liebsten einfach den Flobert aus der Satteltasche heraus und ballert mit dem ein bisserl in der Gegend herum, für das sinnlose Herumballern zieht er den Flobert allen anderen Schießprügeln vor, und peng!

Der Biermösel ist ja um diese Jahreszeit immer schon sehr früh auf seinen schlecht durchbluteten Beinen. „Früher Vogel fängt den Wurm", sagt der Volksmund. „Wenn ihn nicht der Biermösel vorher vom Himmel herunterballert!", darf er hinzufügen. Fad ist es ja auch im schönsten Frühling, wenn man nicht gerade irgendwelche Weiber zum Packen hat, und irgendwie muss der Mensch sich ja zerstreuen, also peng, peng, peng!

Der Biermösel stellt sich im Frühling gerne zum weit aufgerissenen Fenster auf seinem Erlebnispark, er holt die Munition aus der Satteltasche heraus und lädt gemütlich den Flobert durch. Dann stellt er die Kiste mit dem Osterbock zum Fenster, damit er nicht ganz austrocknet, während er feuert. Und mit dem Adlerauge schaut er entspannt zum Gebirgskamm hinauf und hofft, dass er dort oben zum Aufwärmen vielleicht ein paar Gämslein erspäht, die gerade zum gewagten Sprung ansetzen und die er mit dem gezielten Schuss aus seinem Büchslein heraus auf ewig daran hindern kann, aber nein!

Die Gämslein kennen ihn und seine frühlingshafte Schießwut leider schon in- und auswendig. Die sind auf die andere Seite vom Gebirgskamm hinübergeflüchtet, wo sie sich hinter den großen Steinen verstecken und vielleicht darüber unterhalten, warum das Leben früher irgendwie einfach besser war, als es noch kein Schwarzpulver gegeben hat und die blauen Bohnen noch nicht so tief geflogen sind.

Aber der Biermösel läßt sich davon nicht entmutigen. Wenn schon keine Gämslein, denkt er, dann halt Reisebusfahrer!

Er hält also Ausschau nach einem Reisebus samt Betriebsausflugsgesellschaft, der die Serpentinen vom Gebirgskamm drüben herunterschlingert und wegen der glühenden Bremsen vielleicht die letzte Kurve nicht mehr kriegt, oder genauer gesagt: Er hält Ausschau nach einem Reisebusfahrer, der seine Mitreisenden nicht austreten lassen will und den er dafür durch die Frontscheibe hindurch über den Haufen schießen könnte, als Strafe. Kann nämlich gut sein, dass er den Betriebsausflug von damals noch immer nicht ganz verdaut hat, wie ihm der Doktor Krisper gerne bescheinigt, möglich ist es ja, dass er zwar Knödel und Kraut und Schweinehälften gut verdaut, nur halt seine depperte Vergangenheit nicht.

Anstatt Motorengeheul dringt aber nur der liebliche Singsang von den ganzen kunterbunten Frühlingsvogerln durch die offenen Fenster zu ihm auf den Erlebnispark herein und lenkt ihn von seiner traurigen Vergangenheit ab. Der Biermösel mag ihr lebendiges Singen genauso gerne wie ihren jäh verstummenden Todesschrei, der ihnen natürlich nicht erspart bleiben wird, sobald sie seinem Fenster zu nahe kommen und er dann doch lieber wieder seine heilige Ruhe haben will, und peng!

Er stellt die Lauscher auf Empfang und horcht die erste Vogelschar in ihren Bäumen aus – Amsel, Drossel, Fink und Star, herrlich ist ihr lustiges Gezwitscher. Zwar ist ihm persönlich die furchtbar deprimierte Nebelkrähe in Vielem sowieso viel näher als der grundlos fröhliche Singvogel, aber die herbstliche Nebelkrähe ist halt leider auch keine Herausforderung, wenn man sie durch das Zielfernrohr vom Flobert hindurch betrachtet und das Visier erst ordentlich eingestellt hat, die schwarz gefiederte Nebelkrähe schaut halt gar nicht so putzig und lebensfroh aus wie der bunte Frühlingsvogel und ist dann leider auch relativ leicht zu treffen, also eins zu null für den Frühlingsvogel, wenn es um das sinnlose Herumballern mit dem Flobert geht, jö schau, da sitzt ja schon wieder ein ganz ein lieber – und peng!

Die frische Frühlingsluft hat den Biermösel schon auf der allmorgendlichen Fahrt hierher zum Erlebnispark befeuert wie das Buchenscheit den Schweinsbraten im Wirtshausofen. Auf seiner Triumph Fips hat er sich in der gewissen Aerodynamik zuerst treiben lassen wie die Feder im Wind. Dann hat er sich seitlich rechts von der Fips hinunterhängen lassen wie der Indianer im Wildwestfilm, dann seitlich links, dann wieder rechts, dann wieder links. Mal ist er in der gewissen Schlangenlinie dahingeflogen, dann wieder schnurgeradeaus und freihändig gefahren, und jedes Mal, wenn es ihn dabei im Abzugfinger gejuckt hat, hat er einfach die Glock gezogen und übermütig zum Beispiel ein paar Froschis vor sich aus dem Weg geballert, die sich vom Gebirgskamm herunter über die Straße in den See hinübergequält haben zu den ganzen Froschiweibern, die sie dort gerne hätten packen wollen. Aber nichts da! Wenn der Biermösel selbst keine zum Packen hat, dann vergönnt er den Froschis auch keine – und peng!

Kröten und Frösche, Fasane und Reiher, Hirsche und Kühe, Bienen und Wespen – alles ist eine sichere Beute für das Blei aus seinen Spritzen, sobald dem Biermösel halt danach ist. Umsonst haben sie ihn in der Gendarmerieschule oben in Linz ja nicht Django genannt, in „Schießen aus der Hüfte heraus wie der John Wayne“ war er der Klassenbeste, wenn er auch sonst in allen Disziplinen die reine Enttäuschung war, was ihm der alte Biermösel natürlich immer ein bisserl übel genommen hat. Lieber war dem Alten aber sowieso immer sein Zuchteber im Stall, mit dem er in seiner Beiwagenmaschine von einer Landwirtschaftsmesse zur nächsten gepilgert ist und der ihn dort nie enttäuscht hat, weil er als Besteiger der Sauen eine Medaille nach der anderen gewonnen hat, er selbst aber nicht. Das muss der Biermösel auch erst einmal verdauen, dass er daheim im Stall immer nur die Nummer zwei war, der Zuchteber aber mit seinem vielen Lorbeer am Schädel drauf die unumschränkte Nummer eins, da hat der Doktor Krisper schon Recht, dass er darüber noch nicht ganz hinweg ist.

Dann, wie der Biermösel heute in der Früh um den See herumgefahren ist, hat er ein paar Rotzbuben von der Dörflichen Jugend getroffen, die mit ihren zusammengekniffenen Arschbacken in den doppelt und dreifach verstärkten Lederhosen herumgerannt sind, und sofort hat er sich gefragt: Was ist denn bitte mit den Rotzbuben von der Dörflichen Jugend los, dass sie ihre Arschbacken gar so zusammenkneifen müssen, während sie den großen Traktorreifen mit vereinten Kräften zum See geschleppt haben, auf dem sie dann herumgerudert sind, weil ja Gott sei Dank schon Osterferien sind und sie das Rudern am See sowieso dem Lernen in der Schule vorziehen, was ist denn bitte mit denen los?

Allzu lange sind sie dann aber natürlich auch wieder nicht am See herumgerudert, so viel kann der Biermösel gerne schon jetzt verraten. Das Herumrudern am See ist ja immens gefährlich, wenn man an ein schießwütiges Ordnungsorgan namens E. E. Biermösel gerät, das weiß aus der gewissen Erfahrung heraus keiner besser als er selbst, der als kleiner Biermösel oft genug an ein Ordnungsorgan namens alter Biermösel geraten ist, du meine Güte! Nase blutig, Lippe fransig war dann immer das Mindeste, was ihm geblüht hat.

Dass er selbst den Rotzbuben von der Dörflichen Jugend dann einfach aus einer gewissen unreifen Wut heraus den Traktorreifen zerschossen hat, weil er selbst nicht mehr der Jüngste ist und ihnen die Jugend nicht vergönnt ist, das hätte er sich dann vielleicht ersparen können, da war schnell viel Porzellan zerschlagen. Die Rotzbuben haben ganz fürchterlich um sich geschlagen wie so manch anderer vor ihnen, der als hoffnungsvoller Mensch in den See hineingesprungen und später als hoffnungslos tote Wasserleiche im Kanalsystem wieder aufgetaucht ist, gar nicht zu reden von denen, die im See ertränkt worden sind. Der Biermösel ist jetzt wirklich schon sehr gespannt, wer heuer als Erster im See verschwindet und dann als Wasserleiche im Kanal wieder auftaucht, da darf man als Ordnungshüter schon ein bisserl gespannt auch sein, wer da heuer den Jackpot abräumt, wo wäre denn sonst die Spannung im ansonsten so faden und depperten Leben?

Noch aber hält der Biermösel weiter Ausschau nach allerlei Getier, auf das er vielleicht ballern könnte. Dabei hört er aus seinem Kassettenrecorder „Fun, Fun, Fun" von den Strandburschen drüben in Amerika, allerdings natürlich in der viel schöneren Version von den Radinger Spitzbuben aus Gmunden drüben, die nicht minder fröhlich singen, aber dafür halt auf Deutsch, was dann natürlich den feinen Unterschied ausmacht für einen, der das Ausland und seine fremden Sprachen insgesamt meidet – „Gaudi, Gaudi, Gaudi!", singen die Spitzbuben also aus vollen Lungen heraus – und peng!

Schon freut sich der Biermösel wieder über einen jäh verstummenden Todesschrei, weil im Frühling auch er immer so eine Gaudi hat, wenn er mit dem Flobert auf kleine süße Frühlingsvogerln schießt. Zusammen mit dem einen oder anderen verlausten Hundsvieh von dem einen oder anderen versoffenen Staatsschauspieler und zusammen auch mit dem einen oder anderen jungen Kätzchen von der einen oder anderen alten Witwe, das bei dem herrlichen Wetter seine Fähigkeiten völlig falsch eingeschätzt hat und dann leider den Weg vom Kirschbaum herunter nicht mehr findet (außer mit seiner Hilfe, und peng!), sind ihm die kleinen süßen Vogerln einfach die allerliebsten! Manchmal muss halt ein anderer sterben, damit man selbst wieder eine Freude im Leben hat, so ist das, was soll er denn machen – und peng!

„Die armen Viecherln!", jammern dann die alten einsamen Weiber im Ort, „wie kann er denn so was tun?", regen sich die depperten Staatsschauspieler über ihn auf. Aber da haben sie natürlich noch gar nicht gesehen, wie er auf dem Heimweg in der Abenddämmerung die letzten Flugenten über dem See abschießt, weil das so schön „platsch!" macht, wenn sie ins Wasser hineinfallen, „platsch, platsch, platsch!" Die kleinen lieblichen Entlein, die nach einem langen Winter unten in Afrika immer wieder gerne nach Aussee zurückkommen, was aber natürlich keine gute Idee ist. Das denkt er sich jedes Mal wieder, wenn er am Seeufer von seiner Fips heruntersteigt und die Munition einlegt, dass er an ihrer Stelle jetzt nicht unbedingt nach Aussee zurückgekommen wäre, wo es sie doch gerade hier in der lauen Abendluft augenblicklich zerreißt, sobald er sie nur schief anschaut – und peng!

Das fröhliche Herumballern ist einfach nie erbaulicher als in der wunderbar klaren Frühlingsluft. Da braucht einer wie der Biermösel weder die Gleitsichtbrille aufsetzen noch das Zielfernrohr einstellen, da schießt er auf 1000 Meter einen Holzwurm aus dem morschen Dach vom Pfarrer Hein seiner Bruchbude da drüben heraus, was er wirklich auch sehr gerne tut, und bald wird er den Pfarrer Hein selbst aus seiner Bruchbude herausschießen müssen, wenn der ihm weiter so auf die Nerven geht mit seinem Glocken-Dingdong, aber noch ist es nicht so weit, noch ist der Biermösel einfach viel zu gut drauf. Er schießt im Stehen und im Liegen, er feuert aus der Hüfte heraus oder zwischen den schmalen Schenkeln hindurch, er schießt genauso gerne mit wie ohne Grund. Er schießt einarmig, wenn ihm danach ist, und sogar einäugig, wenn ihm eine Mücke ins Auge hineinfliegt, was ihm dann zwar immense Schmerzen bereitet, aber drauf geschissen!

Der Biermösel ist im Frühling einfach immer so gut drauf – und peng!

Hasenscharten-Ulf

Einigermaßen begeistert von sich und der Welt, von seinen Schießkünsten und den durch sie verursachten Tränen der hinterbliebenen alten Weiberln und versoffenen Staatsschauspieler, die nicht und nicht über den Tod von ihren armen Viecherln hinwegkommen werden, verblättert der Biermösel dann den weiteren frühen Morgen im regionalen Teil vom *Ländlichen Boten* und sucht vielleicht eine Spur zu optimistisch nach einem Tatsachenbericht über sich, der ihn schon jetzt als den Superhelden ausweist, der die Anni heuer packen wird, über den wilden Hund, der nicht nur angekündigt, sondern auch vollendet hat.

Er sucht vielleicht eine Spur zu befeuert vom Osterbock nach einer Vorschau darüber, wie und wo er sie packen wird, und nach einer genauen Beschreibung von den Salven, die er auf sie abzufeuern gedenkt. Und er sucht letztendlich natürlich auch vergeblich nach einem mehrteiligen Fotoroman über seine zu erwartende Rückkehr aus Kaprun, wenn er mit der Anni am Sozius in Aussee einreiten wird wie früher der John Wayne nach den Indianerkriegen ins schmucke heimelige Westerndorf, hühott! Aber nach der Wahrheit sucht der Mensch in dem Drecksblatt natürlich sowieso vergeblich, der Biermösel und seine vergangenen und zukünftigen Heldentaten sind der Lois Lehn einfach wieder keine Meldung wert.

Lieber verdirbt ihm die rasende Reporterin seine frühlingshaft gute Laune und wärmt in großen Lettern den alten Brei wieder auf – das Verschwinden vom Hasenscharten-Ulf nämlich, dem Glöckner aus der Bruchbude vom Pfarrer Hein drüben, oder besser gesagt: dem ehemaligen Glöckner.

„WEISS DENN DER BIERMÖSEL NICHT, WOHIN DER HASENSCHARTEN-ULF VERSCHWUNDEN IST?“, fragt sie ebenso wörtlich wie deppert, und der Biermösel täte ihr gern zurückschreiben, dass sie ihn doch bitte kreuzweise soll. Aber weil er im Schreiben so schlecht ist, im Schreien aber recht gut, lässt er es mit dem Schreiben lieber bleiben und spart sich den Schrei für später auf, für den Augenblick nämlich, wenn er die Anni packen und die Rakete zünden wird, das wird dann sicher nicht leise.

Das Verschwinden vom Hasenscharten-Ulf aber ist natürlich schon ein Problem, muss auch der Biermösel zugeben. Nicht so sehr aus kriminaltechnischer Sicht, auf die scheißt er. Ihm ist es nämlich wurscht, wohin wer verschwindet, solange er auch verschwunden bleibt und nie wieder auftaucht. Aber das Problem mit den ganzen Verschwundenen und Abgängigen ist ja, dass sie immer doch alle im Kanal wieder irgendwann auftauchen.

Seit der Biermösel die Fenster von seinem Erlebnispark zum Glockenturm vom Pfarrer Hein hin ausgerichtet hat (er Extremtrottel!), leidet ja er selbst am meisten unter dem Verschwinden vom Hasenscharten-Ulf, der vergleichsweise ein sehr guter Glöckner war. Verglichen jedenfalls mit dem Pfarrer Hein selbst, der ein elendiglich schlechter Glöckner ist, seit dem Verschwinden vom Ulf aber immer selbst läuten muss, weil er keinen Rotzbuben für die Nachfolge vom Ulf finden kann.

So wie die umsichtige Köchin mit dem Schürhaken in der schönen Buchenholzscheiterglut schürt und damit das Schöne und Gute hervorbringt, schürt der Pfarrer Hein da drüben in seiner Bruchbude mit seinem furchtbaren Läuten das schlechte Gewissen in den armen Seelen von den ängstlichen Rotzbuben, die sich vor ihm in die Hosen scheißen, hinterhältiger und verschlagener als der Pfarrer Hein mit seinen depperten Glocken hat der schlitzäugige Vietcong nicht angegriffen, „Nein! Nein! Nein!“, jammert selbst der Biermösel mit jedem Tag schwächer und haut sich mit den Riesentrümmerfäusten jeden Tag stärker gegen die Ohrwascherl, „hör endlich auf zu läuten!“

Aber der hört natürlich nicht auf!

Wie wenn er es speziell auf ihn abgesehen hätte, klopft der Pfarrer Hein ihn weich wie ein Schnitzel und drischt auf dem Amboss seiner Mieselsucht auf ihn ein:

„Nehmen wir den Satansbruder drüben in Amerika!", schreit er in jeder Predigt von seiner Kanzel herunter. „Selbst der ist ein Heiliger gegen den gottlosesten aller gottlosen Gesellen da drüben in seinem Erlebnispark, gegen den Schweinefresser und Biervernichter, gegen den Feind alles Schönen, gegen den Biermösel! Zombie, Zorro und Zsa Zsa Gabor – alle sind sie Heilige gegen ihn, Prostmahlzeit, äh, ich meine: Jubilate Deo!"

So predigt der Pfarrer Hein.

Wie eine viel zu enge und steife Lederhose – nass vom Regen und dann zu schnell getrocknet in der Sonne – zwängt sich das mahnende Geläute vom Pfarrer um seinen Schädel und schnürt sich immer noch enger darum herum, sodass der Biermösel bald nicht mehr normal schauen kann. Der Glockendonner breitet sich in der lauen Frühlingsluft überallhin aus und drängt sich samt schlechtem Gewissen sogar schon in die abgehärtete, weil gut geselchte Seele vom Biermösel hinein, was für die wenigsten zu erwarten war:

„Ich geb es ja zu!", schreit er verzweifelt, „dass ich anders darüber denken könnte, wie ich die Anni packen will, aber hör endlich auf zum Läuten!"

Dabei hätte ja keiner jemals gemerkt, dass der Hasenscharten-Ulf überhaupt verschwunden ist, wenn nicht ab der vierten Fastenwoche auf einmal das Läuten so eine andere Tönung angenommen hätte, so eine furchtbare Färbung. Wie im Bierzelt, wenn dann nur noch die Besoffensten von den Rauschigsten in die Hände patschen und klatschen, hat sich das Bimbambum auf einmal angehört, wie wenn vorher ein Mensch geläutet hätte und jetzt ein Affe.

Den Hasenscharten-Ulf hat ja nie einer lebend gesehen, außer der Pfarrer Hein selbst natürlich, der ihn in den Glockenturm hinaufgeholt hat, damals vor 15 Jahren, nachdem er ihn aus dem Missgeburtenheim 0–5 Jahre drüben in Goisern zu sich herüber nach Aussee geholt hat, das weiß auch ein jeder, der sich ein bisserl mit Hasenscharten beschäftigt.

Niemand kann heute was Genaues über den Hasenscharten-Ulf sagen, außer natürlich, dass seine Lippen furchtbar gespalten waren („ganz furchtbar!") und dass er die Glocken wirklich recht ordentlich geläutet hat („Respekt, Respekt!"), das muss sogar der Biermösel ihm zugestehen, auch wenn er natürlich mit zunehmendem Alter ein Ortsbild ohne Kirchturm samt Glocken drinnen vorziehen täte.

Solche Glocken sind ja nicht einfach zu läuten! Mit Betglocke, Kreuzglocke, Taufglocke, Schiedglocke, Zeichenglocke, Sonntagsglocke und Festtagsglocke muss sich ein Glöckner herumplagen, und dann kommt in diesem speziellen Fall noch die neu gespendete und erst vor ein paar Wochen aufgehängte Riesenglocke vom Tripischovski drüben aus Ischl hinzu, die es erst recht in sich hat. Der Lodenkönig a. D. hat dem Pfarrer Hein sein Kunstwerk von einer Glocke mit dem Tieflader herüberbringen und dann mit dem Schwertransporterkran aufhängen lassen, kurz bevor der *Ländliche Bote* seinen vollkommenen Rückzug aus der Lodenproduktion bekanntgegeben und seine endgültige Hinwendung zur Kunstfaser und zum amerikanischen Markt verkündet hat, deswegen das a. D. nach dem Lodenkönig.

Die Tripischovski-Glocke jedenfalls ist ein solches Monster von einer Glocke, steht in der Ausschreibung, die der Pfarrer Hein jetzt jeden Sonntag in schmetterndem Fiepsmäusebariton von der Kanzel herunter verteilt, dass der, der sie läuten will, schon von Gott gesandt sein muss, sonst geht es überhaupt nicht! So groß, so massiv, so furchteinflößend laut und mahnend donnergrollend ist die Tripischovski-Glocke, dass an ihr jeder scheitern wird, der nicht von Gott gesandt ist oder wenigstens 100 Kilo auf die Waage bringt, „Du Fettsau von der Seebachwirtin da unten!", hat er neulich von der Kanzel herunter gepredigt und auf die Fettsau Elfriede von der Seebachwirtin da unten gedeutet, „du hättest vielleicht das Zeug dazu, aber du bist schon wieder zu fett, du kommst mir ja nicht einmal in den Turm hinauf, geschweige denn wieder herunter, also was hältst du von einer bis zwei ausgedehnten Fastenzeiten, ansonsten ewiges Höllenfeuer, so wie du Fettsau nämlich ausschaust, wirst du einmal schön brutzeln am Gartengrill vom Luzifer, Prostmahlzeit, äh, ich meine: Jubilate Deo!"

So hat er gepredigt.

Dass der Pfarrer Hein heute sogar schon ein Rotzmäderl aus der Dörflichen Jugend ins Visier nehmen muss, damit ihm irgendwer die Glocken läutet, liegt daran, dass sich von den armen Rotzbuben aus der Dörflichen Jugend justament keiner mehr bei ihm wegen der Glockenläuter-Lehre anstellen will, es gibt keinen Einzigen, den der gewagte Schritt in die vielleicht sowieso allzu großen Fußstapfen vom Hasenscharten-Ulf reizen täte.

Stattdessen rennen die armen Rotzbuben von der Dörflichen Jugend allesamt mit zusammengezwickten Arschbacken vorm Pfarrer Hein davon und halten schützend die Hände gegen den Hosenboden, sobald er sie nur darauf anredet, ob der eine oder andere von ihnen ihm zu Ostern vielleicht die Glocke läuten und so seinem Leben einen tieferen Sinn geben möchte, „willst du deinem Leben vielleicht endlich einen tieferen Sinn geben und mir das Glockenspiel läuten?", fragt er dann immer, bevor er sich die schlecht durchbluteten Stenografenhände reibt und ihm der Sabber zwischen den Lefzen herausrinnt. Und Kruzifixnocheinmal, der Biermösel wird schon noch draufkommen, warum kein Einziger von den Rotzbuben seinem Angebot Folge leisten will, kein Rätsel bleibt schließlich für immer ungelöst, kein Apfel bleibt ewig am Stamm, und kein Osterbock bleibt ungeöffnet, einen trinkt er jetzt noch, damit er nicht austrocknet, einer geht sich mit Sicherheit noch aus!

Der Pfarrer Hein lehnt ja alles ab, weiß der Biermösel, was nach dem Scheiterhaufen im Mittelalter erfunden worden ist, er meidet den Flaschenöffner ebenso wie den Verbrennungsmotor. Da darf sich also keiner wundern, dass der für sein Glockenspiel im Kirchturm oben unbedingt einen Glöckner haben will, und zwar einen jungen und starken mit großem Herz und kleinem Arsch, wie auch ein jeder weiß, der sich ein bisserl mit den Vorlieben der Pfarrer beschäftigt, nur dass sich halt keiner von den Rotzbuben aus der Dörflichen Jugend dafür hergeben will, wie oft soll er das denn noch sagen?

Also hat der Pfarrer Hein froh sein müssen, dass er den geistesgestörten Hasenscharten-Ulf damals im Siechenheim in Goisern drüben ausgegraben hat, und der hat wiederum froh sein können, dass ihn der Pfarrer zu sich geholt und zum Glöckner ausgebildet hat, so lautet jedenfalls seit seiner Aufnahme in den Glockenturm die allgemeine Einschätzung an den Stammtischen im Tal.

Wenn einer nämlich so deppert ausschaut wie der Hasenscharten-Ulf, haben sich die Leute in jahrelanger Kleinarbeit sein Aussehen zusammenfantasiert, wenn einer also so eine gespaltene Lippe hat wie der Ulf plus einen so furchtbar hässlichen Buckel und drei Augen – „Jawoll! Drei Augen! Vier Zähne und sechs Ohren und keine Nase, ich schwöre!" –, wenn einer dazu noch eine pelzige Zunge hat, die ihm bis zu den Hufen hinunterhängt („Sehr richtig, Hufe! Keine Füße, was glaubst denn du!"), wenn einer also seit seiner Geburt so deppert ausschaut, dann bleibt ihm ja sowieso nichts anderes mehr übrig, als dass er von frühester Jugend an sein Gnadenbrot im Kirchturm von irgendeinem Gottesmann fristet, außer vielleicht, er schafft es gleich in den Spiritus hinüber im Museum in Salzburg.

Aber die Zeiten ändern sich auch im Land der Berge, Land am Strome, und nicht jeder mit einer gespaltenen Lippe und den ganzen anderen Schmankerln als Beilage kommt heute sofort in den Spiritus in Salzburg hinüber, wo dann die Japaner aus Sapporo dafür bezahlen, dass sie einen im Spiritus anschauen dürfen, da muss man heutzutage schon mehr zu bieten haben als ein paar Ohren zu viel.

Dabei ist ja der Glockenturm selbst schon eine Sehenswürdigkeit für die Japaner aus Sapporo!

Der ist nämlich bis obenhin angefüllt mit der ganzen Hornhaut, die dem Hasenscharten-Ulf erst an den Händen gewachsen und dann von den Händen abgefallen ist, weil das dicke Glockenseil seine Handflächen komplett zerstört hat, aber wirklich komplett. Sooft er sich daran gehängt hat wie der Krug ans Brunnenseil, hat es immer ganz ordentlich gestaubt dort oben, weil selbst ihm das Seil dann unter der Last von der immensen Glocke fast entglitten ist und er es nur unter größten Schmerzen und lautesten Schreien überhaupt hat halten können, nur mit den zwei Lederhandschuhen, in die seine Hände sich gewandelt haben, ist ihm das gelungen. Und dann hat der Pfarrer Hein erst recht gepredigt, dass dem Ulf das nur guttun kann, wenn er ein bisserl leiden muss, „oder glaubt vielleicht irgendwer von euch Saubande da unten, dass der Ulf nur wegen einer Laune der Natur so deppert ausschaut, das ist schon eine Strafe Gottes auch, der Rotzlöffel wird sich seinen Platz im Himmel erst erkämpfen müssen, Prostmahlzeit, äh, ich meine: Jubilate Deo!"

So predigt der Pfarrer Hein.

Wer im Frühling also genauer hinschaut zum Glockenturm, so wie das der Biermösel jetzt mit seinem Adlerauge tut, der kann dann sehen, wie der aufkommende Wind durch die Scharten in den Kirchturm hineinfährt und ein paar Schaufeln von der staubigen Hornhaut zusammenpackt und mitnimmt auf seine Reise, und auch jetzt staubt es auf einmal wieder ganz ordentlich da drüben um den Kirchturm herum, muss der Biermösel leider feststellen. Da werden weiß Gott noch ein paar Tonnen Hornhaut drinnen liegen, denkt er bei sich, wie ihm auf einmal der Schmerz in den Schädel hineinfährt und ihn die Hornhaut vom Hasenscharten-Ulf augenblicklich gar nicht mehr interessiert.

Ihn interessiert jetzt nur noch der Wind, der Wind, das himmlische Kind, der sich die Hornhaut aus dem Kirchturm herausholt und sie über das ganze Tal verteilt. Wer nämlich so wie der Biermösel ein bisserl wetterfühlig ist, der braucht jetzt gar nicht mehr die Wolken am Himmel oben zu beobachten, damit er weiß, dass der Wind, der ihm jetzt vom Gebirgskamm herunter direkt auf den Schädel drauffällt, ein ausgewachsener Föhn ist. Der Erste im heurigen Jahr, und als solcher wie immer der unheilvolle Künder einer finsteren und schmerzvollen Zeit, die jetzt vor ihnen liegt und über die dann sicher wieder besonders ausführliche Berichte unter „Bluttaten" im *Ländlichen Boten* stehen werden, du meine Güte!

Da will der Biermösel gar nicht mehr ausschließen, dass er es mit Hilfe vom Föhn heuer selbst in den internationalen Teil vom *Ländlichen Boten* schaffen wird, wegen der einen oder anderen Affekthandlung, gegen die er sich dann nicht mehr wehren wird können. Da kann er sich sehr gut vorstellen, dass der Föhn ernten wird, was der Pfarrer Hein gesät hat.

Kind des Frühlings

Vorige Woche ist er, Kind des Frühlings, überraschend sechzig geworden und in den Herbst von seinem Leben hinübergetreten, na gut, gibt der Biermösel dann gerne zu, vielleicht ist es ja sogar schon der Frühwinter, in dem er herumirrt. Es schneit jedenfalls ganz gewaltig in seinem Leben, wenn er ehrlich ist, kalt und trostlos ist es geworden, obwohl doch draußen der Föhn herumweht und die Vogerln durch die Gegend fliegen, jedenfalls solange er sie nicht herunterballert – und peng! Eines geht halt immer noch.

Überraschend sechzig geworden deshalb, weil sogar er heuer darauf vergessen hat, neben allen anderen, die leider auch auf ihn vergessen haben, heiliger Bimbam, er und alle anderen vergessen einfach wirklich alles in letzter Zeit, er vergisst sogar schon seinen Namen:

„Biermösel, für meine Krankenakte: Kannst du mir vielleicht endlich sagen, wie du heißt mit deine volle Name?", hat der Doktor Krisper ihn neulich gefragt, nachdem er die Roswitha notoperiert hat, aber es ist ihm einfach nicht mehr eingefallen.

Vielleicht will sich der E Punkt E Punkt Biermösel aber auch gar nicht mehr daran erinnern, wie er in den ersten 60 Jahren von seinem Leben geheißen hat, die ein bisserl sehr verloren und verschwendet waren, er war jedenfalls kein Buchenholzscheit, das an beiden Ecken gebrannt hat, das war er leider wirklich nicht.

Nur die depperte Bundesregierung hat an ihn gedacht und ihn zu Tränen gerührt, das war dann wirklich zum Weinen, wie er ihr Packerl aufgemacht hat. Nach all den Jahren, in denen er sich für das Staatsganze zerrissen und aufgeopfert hat, war er ihnen eine Stabtaschenlampe wert, nicht einmal in den Farben des Frühlings gehalten, sondern in den rot-weiß-roten Staatsfarben vom depperten Land und obendrein natürlich nicht ganz ohne Eigennutz:

„Alles Gute zum Geburtstag!", haben sie ihm geschrieben, „und mit der Stabtaschenlampe bitte die drohende Gefahr durch den internationalen Terrorismus ausleuchten, keinesfalls die Stabtaschenlampe als Kerze auf der Torte verwenden, für eine Kerze war kein Geld mehr da, für die Torte leider auch nicht, ansonsten Prosit! Insel der Seligen war gestern, internationaler Terrorismus ist heute!", schreiben sie weiter. Und auch wenn sie ihm gegen die Falotten und Gfraster nicht viel anbieten können – eine Stabtaschenlampe ist auch nicht nichts im Kampf gegen die Bedrohung! Also soll er sich schnell, schnell Batterien kaufen gehen und dann halt sehr genau hinschauen, wenn er irgendwo eine Bedrohung wittert, „und habe die Ehre!" (PS: „Bei der Gelegenheit: Stimmen die Gerüchte, dass du ein bisserl aus dem Lot geraten bist, Biermösel? Du sollst dich ja seit dem Betriebsausflug damals nicht mehr ganz erfangen haben, eher im Gegenteil, ist das richtig? U. A. w. g.!")

Der Biermösel lässt den Begleitbrief langsam fallen und schaut dann ruhig wie der selbstmordgefährdete Elektroschock-Patient in der Nervenheilanstalt drüben in Gmunden sein Waffenarsenal an, und während er dabei ganz langsam die Augenbrauen hinaufzieht und sich die Spucke aus den Mundwinkeln wischt, die ihm immer dann unkontrolliert herausrinnt, wenn er sein Waffenarsenal anschaut, da sagt er ganz leise:

„Seien Sie unbesorgt, meine Herren! Die Gerüchte stimmen nicht."

Und peng! Schon schießt sich der Biermösel fast selbst den Schädel weg, als sich unverhofft ein Schuss aus der Doppelläufigen löst, „Kruzifixnocheinmal!", muss er jetzt ein bisserl mit sich selber schimpfen, „aufpassen musst du schon, wenn du die Anni noch packen willst!"

Der Biermösel will dann aber nicht ganz glauben, dass sein Stern oben am Himmelszelt vorbeizieht und vielleicht schon bald hinterm Gebirgskamm versinkt, ohne dass ihn die Lois

Lehn vom *Ländlichen Boten* wenigstens unter „Vermischtes" erwähnt. Er blättert das Käseblattl von letzter Woche noch einmal sorgfältig durch und sucht – diesmal mit der Gleitsichtbrille auf der Nase! – unter „Ehrungen und Auszeichnungen", ob er den ganzseitigen Bericht über seinen Jubeltag vielleicht einfach überlesen hat, aber nichts! Dann blättert er geduldig weiter und fährt mit dem dicken Wurstfinger auf und ab, er freut sich mit den Verstorbenen der letzten Woche in den „Todesanzeigen" – „auf Wiederschaun!" – und prophezeit den Neugeborenen in der gegenüberliegenden Rubrik „Geburten" ein schweres und elendes Leben, trotzdem „herzlich willkommen! Die Glücklicheren von euch werden als Wasserleichen im See enden, die Unglücklicheren als ewig Vergessene im Kanal!"

Aber über ihn steht natürlich nichts drinnen! Kein „Auch eine alte Geige spielt gut" unter „Kontakte", und nicht einmal ganz hinten unter „Zu verschenken" ist er ihnen hineingerutscht, Kruzifixnocheinmal, sein verwegener Ritt in den Sonnenuntergang von seinem Leben hinein ist der Lois Lehn einfach keine Zeile wert.

Aber auch das ist der Frühling!, weiß der Biermösel aus der gewissen eigenen Erfahrung heraus. Trotz der aufsteigenden Sonne und der frischen Luft ist der Frühling auch oft schmerzhaft und voller Gefahren. Kaum ein Frühling vergeht ja ohne Bienenstich in die Zunge hinein, keiner ohne Sonnenbrand am Knie bei den feinen blässlichen Damen mit den fleischigen Hüften, kein Frühling vergeht jemals ohne gerissene Bänder während dem Volkstanz, und selten einer ohne ungewollte Schwangerschaften nach dem Volkstanz.

Kein Frühling verstreicht ohne Dutzende zertrümmerte Bergtote! Der Biermösel kann gar nicht sagen, wie sehr ihm insbesondere die ganzen zertrümmerten Bergtoten jedes Jahr auf die Nerven gehen, vorher schon, wenn sie noch lebendig sind und hoch hinaus wollen, und erst recht nachher, wenn sie heruntergekugelt sind und dann mit ausgeschlagenen Zähnen und komplett verdrehten Haxen in irgendwelchen Löchern tot herumliegen, nichts mag der Biermösel weniger als die Berge und ihre Toten.

Kein Frühling vergeht schließlich ohne erste Ausfahrt mit dem frisch geputzten Zweitakter-Geschoss vom Vati, seiner heimlichen Geliebten, die ihn aber in der regennassen Rechtskurve an der Abzweigung nach Goisern gerne abwirft und ihn dabei nicht selten den Schädel kostet.

„Wann kommt denn der Vati wieder heim?", fragen dann die kleinen Hosenscheißer in der Bauernstube die Mama, und dann lügt der Pfarrer beim Begräbnis, dass er ja eh jetzt oben im Himmel bei den Heiligen ist, mit der einen kleinen Einschränkung freilich: „Nur wenn er brav und rechtschaffen war!" Ansonsten: „Ewiges Höllenfeuer für den Vati!"

Und schließlich vergeht natürlich kein Frühling ohne hoffnungsvollen Jungbauern, der sich im Überschwang mit seinem Traktor zigfach in der steilen Wiese überschlägt, weil der Bauerntrottel geglaubt hat, dass es sich heuer endlich ausgehen wird mit seinem neuen Traktor in der steilen Wiese. Stattdessen liegt dann das Jungbauernbaby mit den angeschissenen Windeln komplett zerquetscht unterm Jungbauern, der wiederum selbst komplett zerquetscht und auch angeschissen unterm Traktor vom Altbauern liegt, weil der Jungbauer den Erbfolger ja unbedingt hat mitnehmen und ihm alles hat zeigen müssen, was einmal ihm gehören wird, „schau Vinzenz: die steilen Hänge, der große Traktor, die vielen Kuhlimuhs!" – Heilige Maria, denkt sich der Biermösel jedes Mal wieder über das Trottelvolk der Bauern, können die es nicht einmal so einrichten, dass der kleine Vinzenz einmal mehr erbt als nur den frühen Tod vom sowieso verschwendeten Bauernleben!

60 Jahre sind eine lange Strecke, seit der Biermösel selbst die große und einzige Hoffnung als Erbfolger vom alten Biermösel gewesen ist, neben dem Zuchteber im Schweinestall natürlich, der noch ein Stück hoffnungsvoller war, und muskulöser und

stärker als er war er auch. Ein Zuchteber von ganz besonderem Format war das, von dem der Biermösel heute aber auch nicht mehr sagen kann, wie der genau geheißen hat, auch irgendwas mit E., glaubt er, also vielleicht Erwin?

Berühmt-berüchtigt in der ganzen Gegend war er, ein Sauenheld durch und durch, unbesiegt auf jeder Landwirtschaftsmesse, mit Hunderten Medaillen behängt und von Tausenden Lutschis verehrt und gepriesen. Nur Muskeln, nur Kraft, nur wildes, ungebärdetes Gebaren. Wie die Vorhut vom jungen Frühling hat er alles gepackt, was vier Schweinshaxerln und ein Ringelschwanzerl hintendran gehabt hat, und die Schweinderln haben dann alle vor Freude gequietscht wie die Säue, so einer war das, der Biermösel glaubt jetzt doch, dass er Elmar geheißen hat.

Und er selbst? Und seine Hoffnungen? Und sein erfolgreiches Leben?, kränkt sich der Biermösel jetzt, wie er den *Ländlichen Boten* in die Ecke schmeißt. „Oh süßes Schweinchen Jugend!“, fragt er sich mit bitteren Tränen. „Wohin bist du entlaufen?“

Der Biermösel muss sich dann nämlich selbst ein bisserl wundern, wie fett er geworden ist. Nichts ist mehr übrig geblieben vom Glanz seiner Jugend, in der er dem Zuchteber im Stall in wenig nachgestanden ist, außer natürlich bei den Muskeln und im Erfolg bei den Weibern. Wie die Kugel in der Kanone steckt er jetzt während der langen ereignislosen Tage oft stundenlang in seiner Muschel fest, die einfach nicht mehr zu seinem Riesentrumm von Arsch passen will. Teils, und zwar großteils, weil er während dem letzten, abermals sehr einsamen und abermals sehr kalten Winter wegen der vielen Weihnachtskekserln gegen die Einsamkeit doch einiges an Gewicht zugelegt hat. Teils aber auch, weil der Aschermittwoch beim Biermösel normalerweise immer den Anfang von seiner Radikalopposition gegen den komplett freudlosen Pfarrer Hein drüben einläutet, normalerweise!

Seit ihm die Roswitha auf seinem Kreuzzug gegen den immer weiter um sich greifenden Wahnsinn mit der Freudlosigkeit auch noch abhanden gekommen ist und sie ihn so ungesund ernährt, gibt es kein warmes, dampfendes Blut mehr und keine frischen Därme, die er zerreißen könnte. Ewig lange ist es her, dass die fetten, eingebildeten Säue erhobenen Hauptes, mit wackeligem Arsch und einem letzten verächtlichen „Quieeek" aus ihrem Rüssel heraus gestorben sind, der Biermösel kann sich gar nicht mehr erinnern, wann die Roswitha das letzte Mal geschlachtet und wann sie selbst was gegessen hat, Heilige Maria Muttergottes, fragt er sich besorgt, was wird denn das für sein Osterlamm heißen, das selbstverständlich auch heuer wieder ein Schweinderl sein soll, aber wird es auch wirklich eines werden?

Auf das tiefgefrorene Zeug, das ihm die Roswitha seit der Magennotoperation aufwärmt, folgt oben in der Schlafkammer im besten Fall die Kolik, aber der angestrebte Besinnungsverlust vorher herunten in der Gaststube bleibt natürlich aus, wenn man ausschließlich Schweinehälften aus dem Kühlraum verschlingt, die eigentlich nur als Notration für den Fall der Fälle dort unten gebunkert werden, nicht für den kleinen Hunger zwischendurch.

Zwar bringt ihm die Roswitha nach wie vor das Schwein an den Tisch, aber sie teilt seine Freude daran nicht mehr. Stattdessen steht sie nur mit veschränkten Armen in der Tür, die von der Küche in die Wirtsstube herausführt, und schaut ihm aus ihren schwarzumrandeten Augen heraus genau auf sein Bauchfleisch, ruhig und stoisch wie der Chinese an der Biegung vom Fluss steht sie da und schaut. Und wenn der Biermösel sich nicht komplett täuscht, dann läuft ihr dabei das Wasser im Mund zusammen, und er kommt sich bedrohter vor als der russische Wildhüter in der Taiga, der nach einem allzu langen Winter vorm ausgehungerten Säbelzahntiger steht, und dann fragt sich der Biermösel besorgt:

„Kann es denn wirklich sein, dass ich nur noch das Zeug zur Hausmannskost habe?"

Süßes Schweinchen Jugend

Der Biermösel sitzt dann schon ein bisserl länger als ihm lieb ist auf seinem Erlebnispark am Gendarmerieposten in Aussee herum und hat noch immer nichts erlebt, bald sind es 35 Jahre.

Über diese traurige Tatsache tröstet er sich mit einer vorösterlichen Flasche Marillenschnaps *brutal* aus dem Hause Tötschinger hinweg und mit einer Ladung Schmalzbrote, gewonnen aus den gottgegebenen Überresten der eigenen gesegneten Schweinderln. Aber viel Trost ist da nicht mehr. Sogar das Schmalz von seinen Schweinderln schmeckt heute nach Fastenzeit.

Als der Biermösel über die besorgniserregende Entwicklung von seiner Schwester Roswitha und die damit einhergehenden Probleme mit seinen Schweinderln und seinem Speiseplan sinniert; als er darüber in tiefe Traurigkeit versinkt und die Vogerln draußen gar nicht mehr zwitschern hört; als er dann endlich über der zweiten Flasche vom Tötschinger überhaupt fast einschläft, da reißt ihn ein erstes gegen seine Fensterscheibe geworfenes Steinderl aus einem kurzen Anflug von Melancholie, und er denkt sofort wieder nur frühlingshaft beschwingt:

„Hoppala! Vielleicht will ja doch noch wer mit mir feiern?"

Dann aber hört er das Geschrei der Rotzbuben von der Dörflichen Jugend unter seinem Fenster, und er weiß, dass er auf die Torte doch noch ein bisserl wird warten müssen. Und wie die Mundharmonikamusik den Spaghettiwestern, so untermalen die Glocken von dem wahnsinnigen Pfarrer da drüben jetzt den Angriff der Dörflichen Jugend, nur dass die bei weitem nicht so schön klingen wie die Mundharmonika im Spaghettiwestern, die Glocken vom Pfarrer Hein erzählen vom Fegefeuer und der Hölle.

„Mit der neuen Glocke werde ich euch zu freudlosen Büßern machen, die ihr euch noch in der Hölle nach dieser Glocke sehnen werdet!“, hat er neulich gepredigt, „dort wird es nämlich anders zugehen, ich sage nur: Heavy Metal! ZZ Top und Motörhead! Alle werden sie mit euch Saubande in der Hölle schmoren, und auch der Mick Jagger! Prostmahlzeit, äh, ich meine: Jubilate Deo!“

So predigt der Pfarrer Hein.

Der Biermösel zieht die Hose dann erst gar nicht hinauf, als er vielleicht eine Spur zu freudig von seinem Erlebnispark hinausstürzt und dort eine schöne Sauerei zurücklässt. Wie der John Wayne über die sandige Straße im Westerndorf rollt er sich durch den Staub hin zur Garderobe, wo er sich erst einmal alle Bänder im Knie reißt – aua! –, bevor er in seinen Wetterfleck aus grünem Loden hineinschlüpfen will, der ihn während der letzten 35 Jahre im Dienst verlässlich geschützt hat.

Heute aber hat sein Wetterfleck tausend Löcher und eines, nicht zuletzt nach den zahllosen Havarien im zurückliegenden Winter, während der es ihn nicht nur einmal auf den Scheißer gesetzt hat. Sein Wetterfleck ist ein Fall für den Sondermüll, denkt der Biermösel, als er ihn eingehend begutachtet, und der Tripischovski ein Fall für das Standgericht, da ist er ausnahmsweise sogar einmal mit dem Pfarrer Hein einer Meinung:

„Nehmen wir diesen Hundsfott, der einfach aus der Lodenindustrie ausgestiegen ist!“, hat er neulich ebenfalls gepredigt, „Schande über ihn, oh Herr! Wer rüstet jetzt euch armen Schafe da unten aus, mit Hose, Joppe, Gamsbarthut und warmen Wollstutzen, wer soll das tun? Noch gibt es Loden, gewiss, oh Herr! Aber was wird, wenn die Vorräte erst einmal zu Ende gegangen sein werden, was dann?“

So predigt der Pfarrer Hein.

Seit der abtrünnige Tripischovski das Land verlassen hat und die großen Geschäfte samt Judaslohn drüben im Ausland bei den Amerikanern sucht, weiß auch der Biermösel nicht mehr, wo er neben einer neuen Unterwäsche einen neuen Wetterfleck herkriegen soll. Und während er sich so über den Tripischovski ärgern muss, fällt der depperte Wetterfleck überhaupt auseinander, und er erinnert sich an den letzten Besuch bei seinem Vertrauensarzt:

„Krisper", hat er zu ihm gesagt, wie er dem Lodenmantel schon nicht mehr ganz vertraut und für die letzten Jahre im Dienst nach einer Alternative gesucht hat, die ihn verlässlich zu schützen imstande ist, „Krisper, sei so gut und bau mir eine Pille, die mich unverwundbar macht! Trag mir eine Tinktur auf, an der alles abprallt! Mach einen unsterblichen Helden aus mir, damit ich noch ein bisserl leben und aufholen kann, was ich während der letzten 60 Jahre versäumt habe", hat er gebettelt, du meine Güte, manchmal hat der Mensch halt solche Anwandlungen, speziell, wenn man so am Leben vorbeigegangen ist wie der Biermösel.

Aber der alte Bulgare hat immer nur gelacht und gesagt:

„Kann ich dich nicht machen unverwundbar, Biermääääsel, ist ja nicht einmal gelungen liebe Gott oben in Himmel mit seine Sohnmann Herrn Jesus Christus von drüben in Kirche, Herr Jesus Christus Superstar hat auch geblutet aus Hand und Fuß wie Sau und Herz war nur noch Sack voll mit Wasser, sprich: Ist Herr Jesus Christus auch erst einmal gelegen drei Tage in tiefe Koma, bevor er hat bewegen können wieder seine Zehen und Ohrwascherln und ist er hinausgelatscht aus Grab wie frisch aufgezogene Roboter, sprich: Unsterblichkeit ist gut und schön als Traum, aber ist Illusion aus Sicht von Medizinmann, Unsterblichkeit ist mehr Frage von Glauben als von Wissen, ist mehr Ostern als Western, verstehst?"

Das sind ja schöne Aussichten, hat sich der Biermösel gedacht, aber verstanden hat er natürlich nichts.

Gänzlich ungeschützt robbt er jetzt also weiter zum Fenster hin und riskiert einen ersten Rundum-ad-hoc-Blick nach draußen auf die bedrohliche Lage. Übermütig und noch voll im Saft stehen die Rotzbuben von der Dörflichen Jugend da unten, mit reichlich Spinat in den dünnen Ärmchen, mit Kalzium in den

Knochen und mit nichts als blöden Gedanken im depperten Schädel. Die Dörfliche Jugend ist ihm lieber als die Städtische Jugend, die verweichlicht ist wie ein Industriehenderl aus dem Stall vom Bauern Ruprecht, ihr Fleisch ist wässrig und rosafarben, die Rotzbuben von der Städtischen Jugend haben keine Spannkraft in den Muskeln, weil sie nur noch in den Ferien aus den katholischen Internaten in den fernen Städten zurück ins heimatliche Dorf kommen, und sie heißen dann Anton-Maria zum Beispiel, du heiliger Antonius, das kann der Biermösel überhaupt nicht leiden, wenn einer Maria heißt!

Dass der Biermösel die Rotzbuben heute Früh versenkt hat, piratengleich, das verzeihen sie ihm natürlich nicht, jetzt wollen sie seinen Skalp. Nur geschlafen hat der Biermösel in der Gendarmerieschule ja auch nicht, als sie das Fach „Schuld und Sühne" durchgenommen haben, die Geschichten von der Schuld und der Sühne waren ihm sogar immer die liebsten, das ganze Blut, die Feuersbrünste, die abgeschlagenen und auf dem Silbertablett servierten Schädel – herrlich!

So alt ist er jetzt aber auch noch nicht, dass er sich kampflos den Schädel abschlagen lässt, nur weil er in der Früh ein bisserl übers Ziel hinausgeschossen hat. So verrostet hätten ihn die Rotzbuben gerne, dass er gleich die weiße Fahne hinaushängt und sich geschlagen gibt. Trotz Winterdreck und Schorf, trotz der Zottelhaare, die ihm ins Gesicht hängen, trotz alldem wird er seine alten Knochen noch einmal sortieren und den Nahkampf nicht scheuen:

„Ihr könnt euch das freche Grinsen schon aus dem Gesicht wischen!", schreit der Biermösel in der gewissen Vorfreude beim Fenster hinaus. „Ich werde euren Muttis gerne sagen, dass ihr die Abkürzung in Richtung Säurebad genommen habt, wenn ihr dann leider nicht mehr nach Hause kommt und sie sich wegen euch Sorgen machen!"

Und dabei wird es ihm komplett wurscht sein, wenn dann wieder alle sagen werden: „Wie hat er denn so was tun können?"

Na im frühlingshaften Überschwang!

Der Biermösel säuft noch eine Flasche Schnaps, damit er während dem schweißtreibenden Kampf nicht ganz entwässert, und dann beobachtet er die weißhäutigen Rotzbuben da unten und schaut der Sonne zu, wie sie langsam rote Farbe über ihre dürren Schultern gießt; er sieht ihre schmalen Hühnerbrüste und aufgeschlagenen Knie, um die herum sich gierig die Fliegen scharen, und er denkt sich:

Wie ich seht ihr aus! Wie ich als der kleine hoffnungsvolle Biermösel, der ich einmal war, verwegen und rotznasig und wilder und depperter noch als der Dschingis Khan. Wie ich seht ihr aus!

„Oh süßes Schweinchen Jugend!", jubiliert der Biermösel beim Anblick der Rotzbuben und strampelt sogar ein bisserl mit den Füßen, „ich werd dich noch einmal einfangen!"

Er wird es den jungen ungezogenen Rotzlöffeln noch einmal zeigen, ist er jetzt überzeugt, wenn er die Anni drüben in Kaprun packen wird – Zielfernrohr einstellen, Stutzen füllen, Pulver zünden, und dann auf die Plätze, fertig machen, Feuer, los! Und jetzt, im Überschwang der Vorfreude, fällt ihm auch wieder ein, wie er mit vollem Namen heißt –

„Gestatten: Stalinorgel mein Name. Stalinorgel Biermösel."

Oh süßes Schweinchen Jugend!

Wie der Biermösel dann weg will vom Fenster, um sich die Patronengurte umzuhängen und das Waffenarsenal in Stellung zu bringen, da bleibt er Zottelbär aber leider mit den Zottelhaaren hängen, und er verheddert sich im Holzboden wie der Zwerg im Märchen, na bumsti, denkt sich der Biermösel, ist denn auch bei ihm nicht mehr alles Gold, was schon früher nie geglänzt hat? Und wird er sich schon bald am Krückstock anhalten müssen anstatt an der Doppelläufigen?

Bald treffen ihn Pfeile und Dreckbatzen und immer größere Steine durch das geöffnete Fenster. Bevor sie ihn ganz begraben, brennt sich der Biermösel die eine Hälfte von seinen Federn weg und befreit sich so im letzten Moment aus der Falle. Nur mit Glück kann er das Übergreifen der Flammen auf das Gesamtareal und womöglich noch auf die gesamte ausgetrocknete Region und vielleicht weiter auf das ganze rot-weiß-rote Bundesgebiet verhindern, angefacht vom immer stärker werdenden Föhn.

Die Vorstellung befeuert ihn, dass das ganze depperte Land abbrennen könnte, aber leichtsinnig macht sie ihn auch. Er kann nämlich nicht verhindern, dass ein von der Genfer Konvention verbotenes, rostiges U-Hakerl in seinem Arsch einschlägt, noch bevor er sich wieder aufrichten kann, abgefeuert von einem hinterfotzigen Rotzbuben, der sich gegenüber in einen Baum geschlichen und sich zu den Vogerln und Katzerln gesellt hat, die sich – interessant! – alle dort versammelt haben und mit nicht geringer Freude seinem drohenden Niedergang zuschauen, wer klatschen kann, der klatscht sogar, als er entsetzt aufschreit: „Aua!"

Das U-Hakerl hat ihn mitten am ungeschützten so genannten Gesäß getroffen, rechts im Unterholz steckt es drinnen, tief hineingebohrt ins ranzige Fleisch, nicht mehr abgewehrt von der allzu runzeligen und durchlässigen Haut.

„Na gut", schreit der Biermösel, wie er sich doch noch einmal aufrichten will und ihm dabei das Kreuz bricht, „Glaubt bitte trotzdem nicht, dass ich es nicht mehr draufhabe! Ihr habt die Jugend, ich hab die Glock! Ihr habt das Kalzium in den Knochen, ich hab das Blei in den Spritzen, also sucht es euch bitte aus!"

In der sicheren Deckung seiner Trutzburg am Erlebnispark fühlt sich der Biermösel nämlich noch immer unverwundbar.

„Ihr könnt mich nicht ausräuchern, nicht aushungern, nicht ewig belagern! Ich bin bis oben hin eingedeckt mit Schmalzbroten! Und austrocknen werde ich auch nicht, der Osterbock wird bis Weihnachten reichen!"

Und dann ein Blick in die fernere Zukunft:

„Ihr werdet schon über eure versauten Betragensnoten im Abschlusszeugnis weinen, da werde ich noch immer da herinnen sitzen, Kruzifixnocheinmal, die weiße Fahne werdet ihr von mir nicht sehen!"

Als der Biermösel aber einen vorsichtigen Blick hinaus in die Gegenwart riskiert, sieht er gar keine Rotzbuben mehr, denen ist nämlich ein bisserl fad geworden mit ihm. Er sieht da unten nur noch die Zwillinge von der Anni, die an ihren Händen in Richtung Bruchbude vom Pfarrer Hein huschen. Wie von einem bösen Zauber geleitet folgen sie dem unrhythmischen Donnern der Glocken. Gleich den Agenten im Nebel rennen sie gebückt neben der Anni her, anstatt ihm ein Ständchen zu singen, und das tut ihm dann im Herzen noch mehr weh als das U-Hakerl von den Rotzbuben im Arsch, „Aua!"

Das kann ja jetzt wohl nur an der sich ändernden Wetterlage liegen, Kruzifix!, versucht der Biermösel ruhig zu bleiben und den davonschwimmenden Fellen erst gar nicht nachzuhüpfen. Woran soll es denn sonst liegen, dass die Anni in ihrer grauen Kommunistische-Putzfrauen-Tracht auf einmal in Richtung Bruchbude vom Pfarrer Hein huscht, in der doch sonst nur die Goldhaubenweiber herumknien.

„Anni!", schreit er ihr gegen den immer stärker werdenden Wind nach, „tu es nicht! Gib sie nicht in seine knochigen, kalten, schlecht durchbluteten Studienrathände. Einer, der so wenig isst, kann kein Guter sein!"

Und außerdem:

„Was soll denn der Pfarrer Hein können, was ich nicht auch kann!"

„Der Pfarrer kann Sünden vergeben", schreit die Anni gegen den Föhn zu ihm herüber. „Und er kann Seelen heilen und ganze Ablässe erteilen, das hat er jedenfalls gesagt, wie ich ihn gefragt habe, und kosten tut es auch nichts!"

Na, wenn du dich da nicht täuschst!, denkt sich der Biermösel sofort. Die Bruchbude braucht schließlich ein neues

Dach, seit ein gewisser Landgendarm ihm eine Schindel nach der anderen herunterballert und der alljährliche Föhn den Rest erledigt.

„Geh Anni!", schreit er ihr hinterher und zündet seine vermeintlich stärkste Waffe. „Ablässe kann doch jeder erteilen! Ich aber kann aus der Hüfte heraus schießen!"

Das aber interessiert die Anni nicht mehr. Sie hat ihren Kittel längst hinaufgezogen und ist mit den Zwillingen vor ihm davongerannt.

Einsam und schwerst lädiert, schutzlos und ausgeliefert, liegt der Biermösel dann in seinem eigenen Blut herum, und durch das Fenster herein spürt er den immer stärker werdenden Wind, der ihn um den Schädel packt wie die Beißzange den Nagel, und der ihn dann gar nicht mehr loslässt.

„Der Föhn!", jammert der Biermösel, „Kruzifixnocheinmal, der depperte Föhn!"

Der Föhn trägt das Donnern der Glocken vom Pfarrer Hein nur noch klarer und noch lauter an sein Ohr herüber, kaum dass die Zwillinge in seinem Glockenturm verschwunden sind und die Aufnahmeprüfung beginnt. Und so wie der Biermösel jetzt daliegt, hat er alldem nichts mehr entgegenzusetzen. Der Pfarrer Hein mit seinen Glocken ist nämlich ein anderes Kaliber als die Rotzbuben mit ihren U-Hakerln, denkt er sich besorgt, bevor er wegen dem ganzen depperten Blutverlust ein bisserl in Ohnmacht fällt.

Föhn und Fön

Erschöpft, aber zufrieden über einen weiteren sehr klaren Sieg in seinem Leben (na gut: froh darüber, dass er noch lebt!), sitzt der Biermösel dann nach ein paar schnell gezischten Osterböcken wieder auf seinem Erlebnispark am Gendarmerieposten in Aussee herüben und rutscht wie die waidwund geschossene Wildsau unruhig auf seiner Muschel herum. Den mächtigen Schädel samt dem wuchernden Gesteck oben drauf hat er in seine Riesentrümmer Fäuste gestützt, während er lange und interessiert seine Unterhose anschaut, der spätestens nach dem überraschenden Blutverlust endgültig alles Weiße fehlt. Er denkt sich: Wenn es die 90°-Kochwäsche nicht schon geben täte, dann müsste sie spätestens jetzt für seine Unterhose erfunden werden. Die ist nämlich kein Hingucker mehr, wie die deutsche Gutsbesitzerin im grenzenlos depperten Liebesfilmfernsehen gerne sagt, „wer wäscht weißer als weiß?", lautet die alles entscheidende Frage.

Der Biermösel rutscht dann immer unruhiger auf seiner Muschel hin und her und überlegt, ob er sich nicht doch für ein paar Tage ins Trockentrainingslager von der gachblonden Discowirtin drüben in ihrem Puff in Goisern begeben soll, bevor er die Anni packen wird. Wegen dem dringend notwendigen Grundkurs einerseits, und als weiteres deutliches Ausrufezeichen gegen den immer weiter um sich greifenden Wahnsinn vom Pfarrer Hein andererseits. Aber kann er sich mit so einer Unterhose im Puff überhaupt sehen lassen und dann vielleicht sogar noch den „Unschuldsengel-Rabatt" verlangen, fragt er sich, wo er doch daherkommt wie der Schlächter in seinen Blutstiefeln?

Früher, als die Roswitha noch schön fett war und ideal fürs Trockentraining gewesen wäre, da hat sich der Biermösel auch vorstellen können, dass er auf seiner Schwester ein bisserl übt, bevor er die Anni drüben in Kaprun packen wird. Freilich war da immer viel Alkohol im Spiel und noch mehr Verzweiflung gepaart mit Einsamkeit. Aber bevor es dann drunter und drüber geht, sobald er die Anni anfliegt, bevor er dann gar nicht weiß, welches Knöpfchen er an ihr drehen muss, damit sie brummt wie ein Trafo, hätte er auch mit der Roswitha das Einmaleins der Liebe und das Alphabet der Zweisamkeit durchgehen können, als da wäre:

1. Das Aufrichten der Rakete
2. Das Anpeilen vom Zielobjekt
3. Das Zünden der zwei Triebwerke
4. Und Feuer!

Na ja, denkt er sich, alles das halt.

Seit der Magennotoperation aber ist die Roswitha ja nicht mehr zum Anschauen und noch weniger zum Gebrauchen. Wie ein Bleistiftstrich verschwindet sie in der Landschaft, und die Stimmung bei ihnen zu Hause in der Gaststube im Auerhahn gleicht der in einem Hochsicherheitstrakt, in dem er der Gefangene ist und sein Schwesterlein fein der Wächter.

Die Roswitha bewegt sich nur noch schwach wie eine Kuh, die gerade gekalbt hat, und genau so schaut sie leider auch aus. Mit dem halben Magen ist alles Trächtige aus der Roswitha hinausgefahren wie der Dämon aus der Besessenen, und das Einschmieren vom Ausschlag auf ihrer Rückseite macht ihm – da will er ehrlich sein! – auch überhaupt keine Freude mehr. Die ausgedehnten, welligen Meere von Fett, in die er früher so gerne eingetaucht ist, die Berge von weißem Fleisch, in denen er immer so gerne herumgewühlt und herumgerührt hat wie der Bäcker im morgendlichen Brotteig, die hängen jetzt nur noch als Erinnerung unter den Hautlappen von ihren Knochen herunter wie nasse, vom Herbstwind gepeitschte Vorhänge hinterm offenen Fenster – „Doktor Krisper!“, schreit der Biermösel verzweifelt, „sag, was hast du getan?“

Wie zwei mächtige Traktoren mit ihren schweren Anhängern donnert das erbärmliche Läuten der Zwillinge, die hörbar ihren Schnupperlehrgang im Glockenturm begonnen haben, immer wütender gegen seine empfindlichen Ohrwascherln. Sein Schädel tut ihm mittlerweile so weh, dass er ihn sich ausreißen und hinten in den Kamin wieder hineinstecken möchte, allerdings tut ihm der Arsch leider auch sehr weh.

Als der Biermösel dann ohne Wetterfleck und mit seinem Loch im Arsch ganz unsicher hinaus auf die Straße tritt, scheint der Gebirgskamm ein paar hundert Meter näher gerückt, und es wirbeln nur ein paar Plastiksackerln im warmen Wind herum, sonst sind die Straßen leer. Die Einheimischen haben sich in ihren Häusern verkrochen und die Fensterläden geschlossen, sie haben sich eingesperrt, weil sie Angst haben, dass der Föhn sie wahnsinnig macht und das Glockenläuten vom Pfarrer Hein heuer den Rest erledigt.

Wenn er und die meisten anderen Einheimischen nämlich was überhaupt nicht vertragen, dann ist das der ausgewachsene Föhn, der sich jetzt um den schlecht durchbluteten Hirnlappen vom Biermösel legt wie der Kiefer vom Rottweiler um die schmale Wade vom Briefträger.

Nicht einmal der Alte drüben im Siechenheim in Goisern wird in Stalingrad damals nach dem Eintritt vom Schrapnell in sein Kleinhirn so gelitten haben wie der Biermösel jetzt bei Föhn, weil seine gewaltig dichten Haare damals einiges von der Einschlagenergie vom Schrapnell abgefangen haben werden, einen Biermösel-Schädel ruiniert ja normalerweise kein Volk, wissen die Einheimischen, nur der Föhn ist dazu imstande.

Der Föhn, kann der Biermösel schon ein bisserl von dem verraten, was jetzt vor ihnen liegt, der Föhn holt als Erstes den Gestank von der grauslichen Industriehendlscheiße vom Bauern Ruprecht aus seinem Hendlstall heraus. Mit dem zieht er dann durch die Kiefernwälder weiter zur Kanaldeckelstraße, wo er sich zuerst ein bisserl umschaut. Dann, kaum dass er das erste Kanalloch ohne Deckel gefunden hat, fährt er mit der großen Schaufel hinein und mischt sich den Gestank von der Hendlscheiße mit dem Gestank von der Menschenscheiße zu einer einmaligen Mixtur zusammen, danke herzlich. Und weil es ihm dann immer noch nicht elendiglich genug stinkt, heizt der Föhn dann einfach die öffentlichen Räume auf und holt sich den Schweißgeruch aus den Achselhöhlen von den so genannten einfachen und kleinen Leuten, nirgendwo stinkt es abgründiger und erbärmlicher als unter der Achsel von den so genannten einfachen und kleinen Leuten.

Erst dann ist der Föhn zufrieden, wie es scheint, erst dann ist sein Gebräu aus der Hölle eine wirklich runde Sache, wegen der ein jeder froh wäre, wenn ihm die Roswitha mit der gusseisernen Pfanne die Nase operieren täte, aber leider –

Die Roswitha ordiniert ja nicht mehr!

Der Gestank ist aber nur die Pflicht, die sich der Föhn auferlegt hat, und auf die Pflicht folgt die Kür. Dann kriecht der Föhn den Leuten durch alle möglichen Öffnungen unters Schädelgebälk hinein und macht sie zu unsteuerbaren Bestien. Keine Tanzveranstaltung in keiner Vollmondnacht samt Wolfsgeheul war jemals imstande anzurichten, was der Föhn imstande ist anzurichten. Und bevor es nicht zumindest einer von ihnen auf die Titelseite vom *Ländlichen Boten* geschafft hat, hört der Föhn einfach nicht auf, sie zu quälen.

Der Biermösel hat bei Föhn schon Wirten gesehen, die zum Schnitzel ein Einlaufkompott dazu serviert haben. Er hat schon den Bierfahrer Ramzi aus Ägypten mit seinem Turban aus Seide gesehen, wie er auf seinem Bierwagen oben gekniet ist und den Arsch nach Mekka gehalten hat, und dabei hat er „prost, prost meine Herren!" geschrien anstatt seinen üblichen gedehnten Singsang, und alles nur wegen dem Föhn. Der Biermösel hat bei Föhn schon Jäger gesehen, die auf Hirschen geritten sind, und er hat Hirsche gesehen, die auf Jägern geritten sind, und zwar im gestreckten Galopp, hühott! Er hat Bauern gesehen, die sich in der Güllegrube ertränkt haben, weil sie die Mahnschreiben von der Ackerbau- und Viehzuchtbank nicht mehr ertragen haben, und Bauern, die sich im See ertränkt haben, weil sie auch einmal halbwegs sauber sein wollten, nur dass ihnen vorher leider keiner gesagt hat, dass man halt auch ein bisserl schwimmen können soll, wenn man ins Wasser hineinspringt – und alles wegen dem Föhn!

Der Biermösel hat schon seine Schwester unten im Keller im Blut für die Schweinswürste herumwaten gesehen, mit blutunterlaufenen Augen ist sie darin herumgestiegen, mit einem Riesentrumm Bauchfleisch zwischen den Mordstrümmern von Schenkeln, und dann hat sie gebrüllt wie eine kalbende Kuh:

„Bringt mir herunter den Shubidu Jack! Ich mach ihn auf! Ich räum ihn aus! Ich salz ihn ein und mach ein Gericht aus ihm, das nenn ich dann Sauschädel!"

Der Biermösel hat sich vor Schrecken in die Selchkammer eingesperrt, weil er sich nicht mehr zu helfen gewusst hat, und wieso das alles? Wegen dem Föhn!

Er hat weiters feine Katzendamen (von unfeinen Staatsschauspielern!) gesehen, die sich mit räudigen Hunden (von Schrankenwärtern!) gepaart haben, und er hat leider auch gesehen, was dabei herausgekommen ist – Wellensittiche mit Goldhaubenhamsterköpfen, und alles wegen dem Föhn!

Am furchtbarsten aber, erinnert sich der Biermösel jetzt, wie er sich von seiner Muschel erhebt und die Spülung zieht: Er hat, wenn der Föhn dann lange genug gewütet hat, schon Wahnsinnige in den Kanal hineinspringen gesehen und dann gleich wieder heraus, weil nach dem langen Föhn der ganze Kanal schon voll war mit den ganzen anderen Wahnsinnigen und sie dann keinen Platz mehr darin gehabt haben, heiliger Bimbam. Und mancher von den Elenden ist dann halt herumgerannt und hat geschrien, dass der Pfarrer Hein wahrscheinlich doch Recht hat mit seinen Prophezeiungen:

Dass nämlich der Föhn in der Luft und der Gestank im Kanal nur die gerechte Strafe für diejenigen ist, die einerseits dauernd bei der gachblonden Discowirtin im Puff drüben in Goisern herumliegen (die Männer!), und die andererseits nur noch das Liebesfilmfernsehen anschauen und sich mit dem Polster zwischen den Schenkeln in so genannte ferne Welten hinwegträumen, in denen die stinkende Hornhaut, neben der sie jeden Abend einschlafen müssen, nicht mehr der Mann ist, den sie geheiratet haben, sondern der Stallbursch, der sie gleich packen wird (die Weiber!).

Gar nicht mehr wie der trittsichere John Wayne nach dem alles in allem berechtigten Lynchmord am Viehdieb wackelt der Biermösel dann auf der Straße herum. Die heiße Luft lässt ihn taumeln, als er sich nach seiner Fips umschaut, aber dort, wo er sie geparkt hat, steht sie nicht mehr. Der Föhn hat sie ein paar Häuser weiter hinauf zu den Plastiksackerln in den Windfang hinein getrieben, wo er sie im Schatten vom gewaltigen Kirchturm endlich findet, durchgebeutelt, voller Angst und in die Enge getrieben vom Wind.

Das einzig Gute am Föhn, denkt sich der Biermösel dann, wie er zum Kirchturm hinaufschaut, um den herum sich schon wieder eine Wolke aus Hornhautstaub gebildet hat und von dem herab schon wieder ein wahrer Dachschindelregen auf ihn niederprasselt, das einzig Gute am Föhn ist vielleicht, dass er die Bruchbude vom Pfarrer Hein samt Glockenturm nach und nach ganz abträgt und so das Schandmahl vielleicht irgendwann überhaupt aus dem Ortsbild verschwinden wird. Das wäre vielleicht das einzig Gute am Föhn, dass dann zum Schädelweh wegen dem Föhn nicht auch noch das Schädelweh wegen dem Glockengeläut dazukommt plus das Schädelweh extra wegen der Dachschindel, die ihm jetzt einen Mittelscheitel auf der Schädeldecke zieht, was seine Kopfschmerzen nicht lindert, im Gegenteil: „Aua!“

„Jede Bierflasche aus dem Lagerhaus von der Ackerbau- und Viehzuchtbank hat einen schöneren Deckel als unsere geheiligte Mutter Kirche!", hat der Pfarrer Hein neulich zum Thema gepredigt. „Also bitte einen tiefen Griff in die Hosentasche hinein, wenn ihr das Himmelreich dereinst erlöst sehen wollt, mit ein paar rostroten Eurocent wird sich der Herr Jesus Christus nicht mehr zufrieden geben, was ihm gefällt, sind die großen Scheine, Prostmahlzeit, äh, ich meine: Jubilate Deo!"

Nicht einmal sein gewaltig dichtes Haupthaar war dieses Mal noch imstande, dass es das Geschoss abgewehrt hätte. Aber ewig wird der Biermösel das Gesteck sowieso nicht mehr auf seinem Schädel tragen können, denkt er sich jetzt, wie er im Todeskampf im Schatten vom Kirchturm herumliegt. Wenn er die Anni doch noch packen will, dann muss er sich die Federn endlich rupfen lassen!

Früher, wird der Biermösel jetzt am voraussichtlichen Ende seiner unwürdigen Tage sogar ein bisserl wehmütig, früher hat ihm ja immer die Roswitha den Wildgarten auf seinem Schädel bestellt, jedes Frühjahr im März war es so weit:

„Vorne kurz, hinten fesch?", hat sie gefragt, aber die Antwort hat sie erst gar nicht abgewartet. Zwischen zwei Sauen, die sie mit der einen Hand abgestochen hat – ritsche ratsche! –, hat sie ihn mit der anderen in den Sautrog hineingelegt, wo sie ihn zuerst mit heißem Wasser übergossen und ihm dann mit der Saukelle den Körperpelz abgezogen und dann mit dem Schlachtermesser die Wolle auf seinem Schädel gestutzt hat. Und oft genug hat sie ihn dann auch noch am Haken zum Trocknen in den frischen Wind hinausgehängt, weil sie ihn mit einer von den zwei Sauen verwechselt hat, die sie nebenher geschlachtet hat, dafür war die Substanz früher noch da.

Später, wenn ihn die Roswitha nicht überhaupt draußen am Haken vergessen und ihn der Bär aus dem Wald schon angeknabbert hat, hat sie ihn noch ein paar Tage hinein in die Selchkammer gehängt, sodass er bis in den Sommer hinein auch wirklich gut geduftet hat, im März war der Biermösel jedenfalls immer bereit für ein neues aufregendes Leben, aber das neue aufregende Leben war leider nie bereit für ihn.

Und heuer?

Heuer fängt der Biermösel schon zu zittern an, wenn er an einen Frisör und seine Schere nur denkt. So war es schon als Kind, wenn der Alte zum reisenden Schlachterburschen Emmerich dem Älteren gesagt hat, dass er dem Rotzbuben doch bitte in Dreiherrgottsnamen auch den Nacken ausscheren soll, nicht nur die Ohrwascherl! Da hat er dann im Genick die todbringende Pranke vom Alten gespürt und vom Emmerich dem Älteren das kalte Messer der scharfen Guillotine. Im Stillen hat er sich jedes Mal schon von dieser Welt verabschiedet, während ihn der Zuchteber im Kobel drinnen, von dem er jetzt glaubt, dass er Elmo geheißen hat, wie immer ein bisserl von oben herab und mit einem leisen verächtlichen Kichern angestarrt hat, weil er sich selbst mit seinen blondierten Hansi-Hinterseer-Borsten zwischen den Schweinsohren so schön vorgekommen ist:

„Was willst denn du überhaupt darstellen mit deiner Frisur, ha? Hast du heute überhaupt schon eine gepackt, ha?", hat er ihm mit seinen kleinen Schweinsäugerln ausrichten lassen, bevor er dann nur mit den Klauen geschnippt hat und auf die nächste Sau draufgesprungen ist.

Und das alles vor seinen Augen!

Trotz der schlechten Erfahrungen mit Frisören in den fernen Kinderjahren hat der Biermösel heuer das Terrain um den Frisörsalon *Bleich und Fön* vom Frisörmeister Manfred sorgfältig ausgekundschaftet wie der General vor dem Sturm die feindliche Anhöhe, aber den finalen Angriff hat er dann doch nie gewagt.

Stattdessen hat er nur die Lage sondiert, bis ihm die Augen vom vielen Sondieren schon herausgefallen sind. Er hat den Ort der Schlachtung ausgespäht und die Delinquenten beobachtet, die dort jeden Tag ein- und ausmarschiert sind. Aha, hat er dabei beobachtet, die meisten gehen unglücklich in den Frisörsalon hinein und kommen unglücklich wieder heraus, aha. Aber das war für den Biermösel natürlich nicht überraschend, einen Glücklichen hat er die ganzen 60 Jahre, die er jetzt schon auf dieser Erde wandelt, noch nicht gesehen.

Am genauesten hat sich der Biermösel aber natürlich den Frisörmeister Manfred selbst angeschaut, und nach der wochenlangen Beschau lässt sich über den Scharfrichter sagen, dass er die Hände in die Hüften stützt, wenn er den Kamm schwingt, das ist das eine Beunruhigende. Und dass er wie eine Balletttänzerin herumrennt und den kleinen Finger abwinkelt, sobald er seine Schere herausgeholt hat, das ist das andere Beunruhigende.

Warum hat er den eigentlich noch nie mit einer Frau gesehen, hat der Biermösel sich oft gefragt, und dann war er sich zusammengefasst sehr bald sehr sicher, dass der Frisör Manfred im Western wie die Waschweiber von den Cowboys seitlich im Sattel sitzen täte, wenn sie ihn dort mitreiten lassen würden, was er sich aber sowieso nicht vorstellen kann. Und dass er, wenn er ein Italiener wäre (was sich der Biermösel wiederum sehr gut vorstellen kann!), bestimmt Andrea heißen täte.

„Bleib bitte ganz weit weg von ihm!“, hat der General im Biermösel also zum Angstpatienten in ihm gesagt, „halte dich auf ewig fern von dieser feindlichen Anhöhe!“

Aber dann war es der Lois Lehn vor ein paar Wochen auf einmal eine Doppelseite im regionalen Teil vom *Ländlichen Boten* wert, dass der Frisör Manfred als einer der Letzten an den Kanal angeschlossen wird. („Und die Biermösels drüben im Auerhahn NICHT!“) In ein paar Tagen soll es ja so weit sein, und jetzt muss selbst er standhafter Verweigerer sagen:

Das interessiert ihn dann schon am Frisör Manfred!

Kann also gut sein, denkt sich der Biermösel jetzt, dass er zur Eröffnung als Überraschungsgast auftauchen wird und sich einmal anschaut, wie so ein Kanalanschluss ausschaut, das kann wirklich gut sein!

Gespalten von der Dachschindel, gequält vom Föhn und gepeinigt vom Läuten der Glocken des Pfarrers Hein, dreht der Biermösel dann eine schnelle Runde um den See herum und überlegt, ob er hineinspringen soll zu den Enten, weil er im Unterschied zu den Enten nicht schwimmen kann und das vielleicht die schnellstmögliche Art wäre, der einen oder anderen Qual ein Ende zu bereiten: das schnelle Absaufen im Wasser, nachdem er sich sein Leben lang vergeblich gegen den langsamen Untergang gestemmt hat.

Stattdessen nimmt der Biermösel die Witterung vom Kanal auf, und sobald er auf freiem Felde dahinreitet, orientiert er sich nur noch am Gestank der Welt und schwebt in Richtung Kanaldeckelstraße hinüber, die ihm auf seiner täglichen Heimreise leider auch nie erspart bleibt, erspart aber bleibt ihm ja scheinbar sowieso nichts im Leben.

Nach all den langen Monaten des Winters, während der er nur im ersten Gang durch den Schnee hat pflügen können, täte der Biermösel jetzt allzu gerne einen entspannten Mopedritt in ruhiger, einsamer Abgeschiedenheit samt dem gewissen Bronco-Erlebnis genießen. Der Frühling wäre die ideale Zeit, um die Fips auf unebener, unausgebauter Straße dahinzujagen, aber selbst ein Rodeoritt in Texas ist eine Stützradfahrt gegen eine Fahrt durch die Kanaldeckelstraße, die nichts für Muttersöhnchen und Bürgerstöchterln ist und schon gar nichts für kleine Anton-Marias, aber auch nichts für ehedem eisenharte Landgendarmen, jedenfalls nicht mit einem U-Hakerl im Arsch!

Freude hat der Biermösel also keine mit diesem Straßenabschnitt, aber Freude hat er sowieso keine mehr in seinem Leben. Darum macht ihm jetzt auch der Gestank nichts mehr aus, den der Föhn aus dem Kanal herausholt – „wenn das deine Strafe sein soll“, lässt er dem Pfarrer Hein per erhobene Faust ausrichten, „dann musst du dir für mich was anderes einfallen lassen! Das halte ich lange aus mit meiner vierfach zertrümmerten Nase!"

Im Winter eine Abkürzung für die ganzen Pharisäer, die von ihren nächtlichen Ausschweifungen im warmen Puff von der gachblonden Discowirtin drüben in Goisern noch rechtzeitig in die kalte Kirche vom Pfarrer Hein schlüpfen müssen (bevor der vollkommene Ablass zu Ostern unerschwinglich wird!), verwandelt sich die Straße im Silbertannenwald nach der Schneeschmelze in eine 1a-Herausforderung für den Lenker mit dem besonderen Gusto, und unter der Straße macht es sich der Kanal gemütlich, wie eine besonders verdauungsstarke Schlange, der ein Furz nach dem anderen auskommt, windet er sich dort unten dahin.

Wenn dann nach der Ostermesse wieder alle Pharisäer von Aussee über die Kanaldeckelstraße zurück in Richtung Tagescafé von der gachblonden Discowirtin zum Frühschoppen streben, weiß der Biermösel, dann spürt sogar der Kanal das Gewicht der Verfehlungen, die als Gesamtes über ihn hinwegrasen, und er droht darunter überhaupt zu zerbrechen beziehungsweise neigt er halt leider dazu, dass er sich übergibt – er quillt dann über, und sein Inhalt ergießt sich in warmen Strömen über die Straße, blubb, blubb, blubb. Die Schlange grunzt und pfaucht und würgt, eine launische Diva unter der Kanaldeckelstraße ist sie, gierig und unersättlich, aber auch abstoßend und wählerisch.

Der Biermösel muss dann, als er selbst endlich in die Kanaldeckelstraße einbiegt, schon sehr aufpassen, dass er nicht auch in einem von den Kanallöchern für immer verschwindet, was leicht möglich wäre, weil ja auf jedem zweiten Kanalloch der Deckel fehlt. Da ist der depperten Bundesregierung wieder das Geld ausgegangen respektive war ihr halt wieder einmal alles andere wichtiger als die paar Deckel für den Kanal, ärgert sich der Biermösel wieder einmal über die depperte Bundesregierung :

Eine Stabtaschenlampe für jeden Landgendarmen? Bitte, gerne! Damit er das Böse ausleuchten kann! Einen Deckel für jedes Kanalloch? Sicher nicht! Für was denn?

Dabei gibt es natürlich gerade in dieser Gegend nicht wenige Zimttörtchenscheißerinnen, die ganz gerne ein paar Deckel mehr auf dem Kanal drauf gehabt hätten, damit der Gestank schön unten bleibt, wenn man selbst gerade beim Frisör Manfred unter der Trockenhaube sitzt und das Osternest am Schädel für die heilige Messe richten lässt. Es gibt genug von denen, die sich dann mit ihren Goldhauben auf dem Taftgestrüpp gerade im Frühling immer wieder fragen, wie denn der Mensch (die Menschheit!) imstande ist, so einen Höllengestank überhaupt anzurühren. Aber bevor sie sich vielleicht einmal selbst an der Nase nehmen und nach dem so genannten Stuhlgang – um den letztlich auch die Gutsbesitzerin im Liebesfilmfernsehen nie herumkommt! – umdrehen und nachschauen, was sie denn wieder angerichtet haben, greifen die Zimttörtchenscheißerinnen lieber zum Telefonhörer und fahren ihm mit dem Zuckerarsch ins Gesicht:

„Das warst alles du, Biermösel! Wie kannst du uns denn so was antun?"

Und immer wieder muss er ihnen dann die bittere Wahrheit mitten ins Gesicht hineinschleudern:

„Alles euer Werk! Der Auerhahn ist ja noch nicht einmal an den Kanal angeschlossen!"

Solange der Biermösel nämlich auf die gut paprizierte, insgesamt gut gewürzte Schweinsgulaschsuppe „Feuerzange", mit der die Roswitha jeden Feuersuppenwettbewerb in Texas drüben gewinnen täte, nicht verzichten will, wird das mit dem Kanalanschluss bei ihm nichts werden, hat ihm die Landesregierung neulich ausrichten lassen, und auch die entsprechende Volksabstimmung ist leider eindeutig gegen ihn und die Roswitha ausgegangen.

Aber solange der Biermösel im Auerhahn mit der Sickergrube sein Auslangen findet, ist es ihm sogar ganz recht, wenn er sich nicht mit den ganzen anderen einfachen und kleinen Leuten im Dorf vermischen muss, also von ihm zu der ganzen Problematik mit dem Kanalanschluss vielleicht abschließend nur zwei Worte:

„Drauf geschissen!"

Der Kanal nimmt und gibt, kann der Biermösel jetzt ein bisserl aus dem Nähkästchen plaudern, während er über den Kanal hinwegfliegt. Er verschlingt Dreck und spuckt Gestank wieder aus, das ist sein eines Hobby. Lieber aber noch verschlingt er Menschen und spuckt sie dann nicht mehr aus, das ist sein anderes.

Immer wieder ist es nämlich vorgekommen, dass der Biermösel herobеn auf der Straße neben einem Kanalloch ein Fahrrad oder ein Moped oder einen Gehstock oder eine Handtasche oder die schwarze Sexmaske vom Bürgermeister gefunden hat, die Hinterlassenschaften jedenfalls vom jeweiligen früheren Besitzer, der im besoffenen Zustand, manchmal auch in selbstmörderischer Absicht, oft genug aber auch schlicht als Opfer von einem Verbrechen den Weg in den Kanal hinunter zwar gefunden hat, von dort aber oft genug nicht mehr den Weg zurück ans Licht.

„Spring, du Feigling!", schreit der Biermösel dann aus dem gewissen Reflex heraus, als er zwischen den Kanaldeckeln hindurchschlingert und unversehens einer weiteren furchtbaren Kollision in seinem Leben entgegensteuert. Gerade wenn man das gewisse Fahrerlebnis in der Abgeschiedenheit der Wälder sucht, rennen einem erst recht die unnötigsten Leute über den Weg!, ärgert er sich jetzt furchtbar über den kleinen Anton-Maria von der Städtischen Jugend, der ganz verzweifelt nach einem geeigneten Loch sucht, in dem vielleicht auch für ihn noch ein Platz wäre. Aber es ist nichts frei!

„Da kann leider auch ich dir nicht weiterhelfen!", schreit ihn der Biermösel an, außer vielleicht damit:

„Probier es im See drüben!"

Sofort aber ärgert er sich, dass er wegen dem Anton-Maria und seiner Selbstmordabsichten überhaupt angehalten und ihm taxfrei den guten Tipp gegeben hat. Normalerweise meidet der Biermösel ja den Kontakt zu allen anderen, insbesondere zu Rotzbuben, die Maria heißen und die während der Woche ihr Glück in den Denkschmieden der Städte suchen:

„Der Reiche geht studieren, der Arme produzieren", weiß der Biermösel alles über die Reichen und die Armen. Und nur am Wochenende oder in den Ferien kommt der Anton-Maria dann aus der Stadt wieder zurück ins Dorf, wo er dann brav mit dem Staatsschauspieler-Papa in der Kirche neben den Bauern in der ersten Reihe sitzen muss, solange der Herrgott oben im Himmel durch den gesenkten Daumen vom Pfarrer Hein nicht von ihm verlangt, dass er sich vor ihm niederkniet.

Neulich hat der Biermösel den Anton-Maria sogar außerhalb der Öffnungszeiten an der Hand vom Staatsschauspieler in Richtung Bruchbude vom Pfarrer Hein huschen sehen, wo ihn der Papa wegen der österlichen Glockenläuterei gerne untergebracht hätte – „ein Ferialjob, welcher der Staatsschauspielerei nicht unähnlich ist!", wie der Sprachkünstler dann am Stammtisch gemeint hat, „wenngleich natürlich ohne große Bühne, wie ich sie genieße!"

Aber der Pfarrer Hein hat den schmalbrüstigen, weißhäutigen, sommersprossigen Rotzbuben mit den dicken Brillen und den dünnen Ärmchen nicht für befähigt gehalten, dass er in die großen Fußstapfen vom Hasenscharten-Ulf hineinsteigt, „zu leicht! Zu blass! Zu wenig Schmalz! Nicht mein Typ!", hat er ihn vor die Tür gesetzt, und der Papa hat geschimpft:

„Schäm dich, du Rrrrrotzbub! Wie kannst du denn unserrren Pfarrrer so enttäuschen?"

Auffällig dann, sehr, sehr auffällig für das geschulte Adlerauge der Gendarmerie im Biermösel, die ja zwischenzeitlich auch immer wieder ein bisserl ermitteln muss:

Dass der Anton-Maria gleich drei Lederhosen übereinander trägt, was seiner erblühenden Knospe in der Hose jetzt sicher nicht guttun wird, wie sich der Biermösel die erblühende Knospe in der Hose vom Anton-Maria vorstellen kann. Aber das geht dann mehr den Doktor Krisper was an, nicht ihn!

Er selbst muss sich immer nachdrücklicher fragen: Was ist denn los mit den Rotzbuben in der Gegend, dass sie den Arsch so zusammenzwicken müssen? Aber noch kommt er einach nicht drauf, da wird er ihn schon selbst fragen müssen:

„Wieso trägst denn du drei sündteure Lederhosen vom Tripischovski drüben in Ischl übereinander, wo ich selbst mir nicht einmal eine leisten kann, wie gibt es denn so was, ha?"

„Ddddddddddddeeeeeeeee", sagt der Anton-Maria, und jetzt wird es natürlich schwierig! Die Städter reden ja oft ganz anders als die Einheimischen, und beim Anton-Maria kommt noch erschwerend hinzu, dass er stottert wie ein alter Traktor.

„Wegen dem übermächtigen Staatsschauspieler-Papa!", wie ihm der obergescheite Doktor Krisper einmal verraten hat, „weil der nämlich so ein schönes Deutsch mit so einem rollenden ‚Rrrrr' spricht, mit dem er den Sohnemann erdrückt!" Das hat der Doktor Krisper gesagt, und der Biermösel hat ihn gefragt, ob er vielleicht deppert ist.

„Dddddeeeeeee Pfpfpfpfpfpfpfpfpfaaaaaaaaaa", nimmt der Anton-Maria dann einen neuen Anlauf, aber einfacher wird die Sache dadurch natürlich auch nicht.

„Ddddder wer?", fragt der Biermösel sehr einfühlsam. „Kannst du Spinner vielleicht endlich aufhören zum Stottern?"

„Ddddeeee Pppppppffffffaaaaa Hhhhhhhheeeeeeiiiii!", versucht es der Anton-Maria noch einmal, und der Biermösel bemüht sich redlich, dass er versteht, was er gesagt hat, aber verstehen tut er es natürlich nicht:

„De Pfa Hei? Das ist zu wenig für ein Protokoll! Auf Wiederschaun, dort drüben liegt der See!“

Der Biermösel startet seine Fips, aber kaum dass er die gewisse aerodynamische Haltung wieder eingenommen hat, greift er übermütig nach der Doppelläufigen und richtet wie der flüchtende Indianer auf seinem Pony den Schießprügel unter seiner linken Achsel hindurch nach hinten. Dann feuert er blind mit der rechten Hand knapp über den Schädel vom Zielobjekt hinweg, allerdings nicht zu knapp, sodass das eine Ohrwascherl hoffentlich noch ein bisserl rauchen wird, wenn es sich der Anton-Maria doch noch anders überlegt und lieber den Weg nach Hause zum Staatsschauspieler-Vati einschlägt anstatt in den Kanal.

„Wie hat errr denn so was tun können?“, wird der Papa dann im schönsten Staatstheater-Deutsch wieder schimpfen, und der Biermösel wird seine Schießwut vor sich selbst rechtfertigen:

„Na wann hat man schon die Gelegenheit, dass man am lebendigen Objekt üben kann, noch dazu an einem, das zwei Beine hat und keine Flügerl?“

Dann schnell weiter und immer schön flott gegen den Föhn hinüber in den Auerhahn, drei Meter in der Stunde wird er schon schaffen! Höchste Zeit, dass er endlich wieder frisches Fleisch zwischen die Zähne bekommt, sonst dreht er bald durch. So ein Kleinkrieg gegen die Rotzbuben von der Dörflichen Jugend geht ja in seinem Alter nicht mehr ohne Substanzverlust vonstatten. Nicht umsonst haben im Krieg immer die gewonnen, die was Frisches zum Beißen gekriegt haben, und die haben verloren, die an Vitaminmangel gelitten haben, weil sie nur tiefgefrorenes Zeug zum Fressen gekriegt haben, Stichwort: Skorbut. Also schnell weiter, weiter!

Aber da vorne steht schon wieder einer in der Landschaft herum, einer mit seinem depperten Traktor diesmal, der aus dem Anhänger heraus verbotene Substanzen in den Kanal hineinleitet – ein Bauer! Und kaum hat sich der Biermösel neben ihm eingebremst, fragt er sich schon wieder, an wen ihn denn die wurmstichige Visage von dem erinnert, aber noch kommt er einfach nicht drauf.

„Wer bist denn du?", fragt er ihn also.

„Ich bin der Bauer Ruprecht!"

Der Bauer Ruprecht also, verstehe!, denkt der Biermösel sofort ausschließlich mit Verachtung über den selbst ernannten Bauern Ruprecht.

„Derjenige Bauer Ruprecht vielleicht, der bei den kinderlosen Bauersleuten Ruprecht als Knecht angefangen hat, nachdem die guten Menschen ihn aus dem Heim für schwer erziehbare Rotzbuben 10–15 Jahre in Goisern drüben herausgeholt und bei sich aufgenommen haben, der?"

„Genau der."

Und der sich dann langsam – und unter bis heute ungeklärten Umständen! – zum Bauern gewandelt hat, wie der Biermösel jetzt rekapituliert, nachdem die Bauersleute Ruprecht überraschend verschwunden sind und dann am Hof nur noch der Knecht Ruprecht übrig war, der sich in der Folge halt Bauer genannt hat anstatt Knecht. „Der vielleicht?"

„Ja genau."

Eine wirklich einmalige Erfolgsgeschichte, muss ihm sogar der Biermösel zugestehen, einmaliger jedenfalls als die Karriere vom Hasenscharten-Ulf, der ja auch im Siechenheim in Goisern drüben angefangen hat, der es aber mit dem Glockenturm vom Pfarrer Hein scheinbar nicht ganz so gut erwischt hat wie der Knecht Ruprecht mit dem Bauernhof von den Bauersleuten Ruprecht, „sag einmal, weißt du vielleicht, wohin der Hasenscharten-Ulf verschwunden ist?"

„Geh Biermösel!", sagt der Bauer Ruprecht. „Ich bin ein Hendlbauer, kein Derrick!"

„Ein Hendlbauer!“, wiederholt der Biermösel, und augenblicklich erfüllt ihn der ganze Ekel der Welt.

Da muss er sich umso mehr ärgern, dass er den „Aufstieg und bisher keine Spur von einem Fall des Knecht Ruprecht“ damals nicht näher untersucht hat. Also will er ihm wenigstens jetzt ein bisserl auf die Zehen steigen:

„Jetzt hör einmal gut zu: Was tust du denn da überhaupt?“

„Nach was schaut es denn deiner Meinung nach aus, Biermösel?“

„Nach einer astreinen Sauerei schaut das aus, du Bauerntrottel!“ Herrgottnocheinmal, die Bauerntrotteln haben so eine Art zu glauben, dass man ihnen einfach alles durchgehen lässt, nur weil sie Bauerntrotteln sind, denkt der Biermösel, und wie zum Beweis sagt der jetzt:

„Jetzt scheiß dich nicht an wegen der Hendlscheiße, Biermösel. Kümmere du dich lieber um den Hendldieb, der mir jeden Tag ein paar von meinen Kikerikis stiehlt!“

„Ein paar von deinen grauslichen Industriekikerikis!“, korigiert ihn der Biermösel. „Mit wässrigem Fleisch und hängenden Flügerln, lasch wie die Rotzbuben von der Städtischen Jugend!“

Mit Leuten wie dem Knecht Ruprecht muss der Biermösel in Zukunft anders verfahren, nimmt er sich fest vor, unnachgiebig und gnadenlos, so wie früher der John Wayne mit dem Viehdieb.

Aber noch weiß er leider nicht genau, wie er den Knecht Ruprecht die Schuld am Tod von den Bauersleuten, die er ihm erst gar nicht nachweisen will, büßen lassen kann. Der gezielte Schuss zwischen die Augen aus der Hüfte heraus scheint ihm bei Tageslicht nicht ganz angebracht, und ein freies Kanalloch, in das er ihn hineinschmeißen könnte, will er wegen ihm jetzt auch nicht extra suchen, dazu ist sein Hunger zu groß.

„Für das eine Mal lass ich dich also noch davonkommen“, sagt der Biermösel zum Ruprecht. „Allerdings prophezeie ich dir schon jetzt Folgendes: Du wirst bald in dem Dreck schwimmen, den du in den Kanal hineinlässt. Ohne Schwimmflügerl, dafür aber mit ein paar schweren Steinen in den Gummistiefeln!"

Weil: „Die Tage des Zorns werden kommen!", freut sich der Biermösel jetzt schon sehr auf die Tage des Zorns, mehr schon fast als auf seine Sau Trudi.

Verschellt

Zutiefst schockiert über die Auswüchse der menschlichen Natur, fragt sich der Biermösel dann:

„Wer ist denn bitte so deppert und stiehlt Hendln, wo es doch Schweinderln auch gibt auf der Welt?"

Er kann sich aber gar nicht länger bei den Abgründen der menschlichen Natur aufhalten, weil er genug andere Sorgen hat. Wenn das nämlich mit den Weibern eh wieder nichts wird, wie es heute ausschaut, weil sich eh wieder keine von ihm packen lassen will, dann konzentriert er sich halt auf die eine, die ihm vielleicht sowieso von allen die Liebste ist, der Biermösel freut sich jetzt wirklich schon sehr auf seine Sau Trudi.

Als er sich auf seiner Fips vom Föhn Richtung Auerhahn hinübertragen lässt, schließt er in der gewissen Vorfreude die Augen und geht alle seine Schweinderln zu Hause im Stall noch einmal der Reihe nach durch – die Blotschi, die Sisi, die Seffa, die Nora, die Vera, die Edith, die Gigi, die Liesl, die Mizzi, die Willi. Er taxiert ihre Fettreserven mit dem inneren Auge und wiegt sie mit der inneren Waage ab, dann probiert er sie mit der inneren Zunge und muss sagen:

„Mmmhm! Alle miteinander wirklich einmalig!"

Allerdings: So viel er auch probiert und wiegt und taxiert – am geblümten Teller vor seinem inneren Auge erscheint ihm dann letztlich immer nur seine Sau Trudi, und wie er sie so anschaut, da steht für den Biermösel fest, dass er sie heute mit der eigenen Hand abstechen und sie als Ganzes verschlingen wird, auch und gerade als weiteres sehr deutliches Ausrufezeichen gegen den immer weiter um sich greifenden Terror vom Pfarrer Hein mit seinen mahnenden Glocken und dem erhobenen Zeigefinger, auch und gerade gegen den!

Gott sei Dank waren er und die Roswitha ja so gescheit und haben sich den Wahnsinn mit den alljährlichen Fastenfestwochen samt Fastensuppe und vielleicht sogar noch samt

Heringsschmaus am Aschermittwoch erst gar nicht angefangen, 60 Jahre ist er ohne Fisch ausgekommen! Und mit ihrer Gegenveranstaltung zur Fastenzeit, den Schweinsbraten-Exzess-Wochen „Fett extra fett“, haben sie gerade in der Fastenzeit und gerade bei den Pharisäern immer wieder punkten können, wobei sie als Zugeständnis an die Fastenzeit die allzu verführerischen Beilagen Knödel und Kraut natürlich gerne weggelassen und nur das reine Fett dazu serviert haben, ganz wurscht ist ihm die Fastenzeit ja auch nicht!

Nach Einbruch der Dunkelheit, wenn die Fastensuppensäufer nach einem Tag voll scheinheiligem Fasten immer einen Rückfall erlitten haben und sich auf einmal wieder ganz sicher waren, dass sie zwar die ewige Hölle ohne Eiswürfel aushalten werden, nicht aber die 40 Tage bis Ostern ohne Fett; wenn ihnen dann die Zunge schon bis zu den weichen Knien hinuntergehangen ist, auf denen sie wimmernd angekrochen gekommen sind und „bitte, bitte“ geschrien haben („Bitte, bitte ein Stück von der Stelze! Bitte, bitte einen Kübel voll Fett!“), dann ist die Roswitha kurzfristig mit dem Preis in die Höhe gegangen und hat die halben und Drittel-Portionen vom Schwein zum doppelten und dreifachen Preis verkauft. Allerdings, muss der Biermösel jetzt ein Geheimnis verraten, bei Gott natürlich nicht das gesunde Fleisch von den eigenen Dörflichen Schweinderln, sondern nur das weiche, wässrige, rosarote Fleisch von den Industrieschweinderln aus der Großstadt, das die Roswitha nur mit Gummihandschuhen angreift und der Biermösel selbst nicht einmal mit den Maurerfäustlingen.

Dass gerade die Weihrauchfresserinnen vom Singkreis und die Kerzenschlucker aus der Katholischen Männerbewegung zwar nach außen hin gerne die Starken und Charaktervollen spielen, in Wahrheit und nach innen hin aber die Schwächsten und Charakterlosesten überhaupt sind, das hat dem Biermösel dann die Zeit vor Ostern immer wieder sehr versüßt.

„Sünder!", hat er sie alle miteiander angeschrien und dabei mit den Worten vom Pfarrer Hein jongliert, und dann hat er ihnen noch gerne mit ermutigenden Klapsen die Schultern zertrümmert, wenn sie sich in die Pfanne auch noch hineinlegen und mit den abgebissenen Fingernägeln die letzten Tropfen Fett herauskratzen wollten, bevor er dann den vermeintlich Allerstärksten von ihnen noch die alles entscheidende Frage gestellt hat:

„Einen Osterbock vielleicht, damit ihr nicht komplett entwässert?"

Und spätestens dann sind auch die Aufrechtesten der Aufrechten umgeknickt wie die im starken Föhnsturm schwächelnden Silbertannen.

Weil die Roswitha aber nicht mehr schlachtet, fällt der Zusatzverdienst heuer weg, und der Biermösel muss das Blutbad an der Trudi heute leider selbst anrichten. Er wird sie an der eigenen Hand zum Teller führen müssen, auf dem sie ihn dann wahlweise als Schopfbraten oder Karree oder Blutwurst oder Bauchspeck oder gerne auch als Bruckfleisch glücklich machen soll – Hauptsache, es macht ihn endlich wieder einmal eine glücklich!

So gerne der Biermösel aber auf Vogerln schießt und auf Hundsviecherln und Katzen und Staatsschauspielerrotzbuben namens Anton-Maria, so wenig Freude bereitet es ihm, wenn er einem Schweinderl den Bolzen in den Schädel jagen und dann den Säbel in den Hals stechen muss, nie macht es ihm weniger Freude, wenn eine andere sterben muss, damit er selbst leben kann, als wenn er eine Sau absticht.

Der Biermösel muss sich jetzt also erst die unruhige Hand mit ein paar schnell gezischten Osterböcken ruhigsaufen, mit mehr vielleicht, als unbedingt nötig sind, und mit mehr vielleicht sogar, als er verträgt.

Mit dem kleinen Damenspitz in der Krone nützt er nämlich die Straße auf einmal in ihrer vollen Breite – holladiödilliö!

– und manchmal sogar darüber hinaus. Und dann sieht er sogar zwei Straßen, wo nur eine ist, und er kann sich gar nicht mehr entscheiden, welche – hoppala, jetzt sind es schon vier! – von den ganzen Straßen er nehmen soll, während der Föhn ihn immer flotter in Richtung Auerhahn hinübertreibt, gemma, gemma!

Aber diese Hilfe ist natürlich trügerisch! Der Föhn tarnt sich gerne als dein Freund, weiß der Biermösel alles über den Föhn, und kann es dann nicht erwarten, dass du wegen dem Schädelweh endgültig durchdrehst. Und wie dem Biermösel dann ein Reisebus mit einer lustigen Betriebsausflugsgesellschaft über die Hufe fährt, da hat er Gefühlsmensch endlich das Gefühl, dass ihm die gewisse frühlingshafte Gelassenheit endgültig abhanden kommt und er zu einer vom Schädelweh gemarterten, von den Weibern enttäuschten, von den Osterböcken befeuerten und vom Föhn gelenkten unberechenbaren Bestie wird. Kann ja wirklich sein, denkt er jetzt nicht nur positiv über sein Leben, dass er die längste Zeit eher zu defensiv war anstatt zu offensiv. Und möglich ist es ja, dass er jeden Zweiten, der ihm in seinem Leben über den Weg gerannt ist, sofort über den Jordan hätte schicken sollen und alle anderen gleich hintennach!

So wie sein Leben jedenfalls momentan ausschaut – mit dem ganzen Dreck in der Unterhose und den ganzen Schmerzen im Schädel, mit den Weibern, die sich wieder nicht von ihm packen lassen wollen, und dem Hasenscharten-Ulf, der sich einfach nicht finden lässt –, gibt es wenig, das einen Mann wie ihn noch davon abhalten könnte, dass er es mit einem schönen Amoklauf direkt auf die Titelseite vom *Ländlichen Boten* schafft, außer als letzte und einzige Chance vielleicht noch seine Supersau Trudi.

Wie der Biermösel dann endlich die Talsohle erreicht hat und auf der Fips langsam in Richtung Auerhahn hin ausrollt, da nimmt er endlich ihre Witterung auf. Zwar nicht von ihrem frisch dampfenden, warmen Blut, sondern nur von ihrem

Stallmist, aber mehr als nach ihrem Stallmist steht ihm jetzt natürlich der Sinn nach ihrem warmen und dampfenden Blut.

Als der Föhn ihn wieder freigibt und lachend seinem weiteren Schicksal überlässt, hat der Biermösel den Rubikon natürlich wie damals im Reisebus von der Betriebsausflugsgesellschaft längst überschritten, und er ist jetzt selbst für seine Verhältnisse und selbst für einen Gendarmen aus Aussee herüben sehr besoffen. Es überschlägt ihn ein paarmal, bevor er Kopf voran das schwere Holz von der Stalltür durchbricht – „aua!" – und dann auf dem glitschigen Stallboden mit dem Arsch voran zu den Schweinekobeln hinrutscht, wo er dann sehr schmerzhaft mit dem komplett unsympathischen Zuchteber Archie kollidiert, der zunächst die Lacher noch auf seiner Seite hat, aber wirklich nur zunächst, weil bald werden sie wieder alle bitter weinen.

Der Biermösel schaut dem Archie ein paar Minuten genau zwischen die Augen, während er noch ein paar Osterböcke zischt, damit er nicht austrocknet, während er ihm gleich danach ansatzlos mit der rechten Faust ins Gesicht fährt und ihm den Rüssel fast bis zum Ringelschwanzerl zurückschiebt, und schon legt er sich nieder wie damals der Foreman in der schwülen Hitze unter dem Nachthimmel von Kinshasa, „gute Nacht, Archie!"

Als der Biermösel sich dann umschaut, spürt er sofort die gewisse Spannung und hört er die gewisse knisternde Stille, die ihn umgibt, und er merkt, dass die ganzen depperten Schweinderln sich auf die Seite vom Archie geschlagen haben, und zwar nicht mehrheitlich, sondern ganz! Alle ducken sie sich unter seinen verächtlichen Blicken weg und suchen Schutz hinter der jeweils noch fetteren Sau vor ihnen, als der Biermösel sie fragt:

„Ihr also auch?" Und dabei kann er leider nicht verhindern, dass sich das bei ihm genauso blöd anhört wie im Liebesfilmfernsehen.

„Ihr also auch?"

Inmitten von dem ganzen Fettberg sucht der Biermösel dann vergeblich nach seiner Sau Trudi, die vor einer Woche noch nicht ganz perfekt war, vor zwei Tagen dann schon fast, und heute in der Früh ohne jeden Makel, mit ihren speckigen Hüften, ihrem hängenden Bauch und mit ihren kurzen, stämmigen Stummelbeinchen, die unter ihrem Fett fast eingeknickt sind.

Heute wird er wieder was Frisches essen, hat er sich geschworen, als er ihr nach dem Aufstehen die Schlachtung für heute Abend in Aussicht gestellt hat, „heute werden wir zwei uns vereinen!"

„Roswitha! Wo ist denn die Trudi?"

Aber die Roswitha kann er auch nirgends finden. Und das Schlachtermesser, das normalerweise über dem Sautrog an der Wand hängt, das sucht er ebenfalls vergeblich. Na bumsti, denkt er sich, muss ich mir Sorgen machen?

„Wenn mir nicht bald eine von euch verschwiegenen Sauen sagt, wo die Trudi ist, dann wird sich leider nicht verhindern lassen, dass sich der Boden gleich blutrot färbt!", richtet der Biermösel einen dringlichen Appell an die ganzen verängstigten Sauen in ihren Kobeln drinnen, die sich aber allesamt immer noch mehr Sorgen um den Archie machen als um ihn. Also reißt er jetzt einfach die Glock aus dem Halfter, bevor er da weiter den Zögerlichen spielt, und durchlöchert den scheintoten Archie – peng! peng! peng! –, wodurch sich seine Krämpfe im Darm endlich lösen und ihm hinten ein gewaltiger auskommt – pfffft! –, wie dem Traktorreifen von den Rotzbuben geht dem Archie auf einmal die Luft aus und seine ganzen Weiber fallen in Ohnmacht.

„Du meine Güte!", schreit der Biermösel sie an, „so ist das halt, wenn sich der Geist vom Körper trennt, aber jetzt braucht er sich wenigstens nicht mehr tot stellen!"

Dann endlich sieht er die Roswitha.

Schwach und mit eingefallenen Wangen schleppt sie sich aus dem Keller herauf, und schon auf allen vieren kriecht sie weiter aus dem Stall hinaus und hinüber ins Wirtshaus, wo neuerdings immer das Liebesfilmfernsehen läuft anstatt dem Volksmusik-Wahnsinn, den man nur mit dem ganzen Magen im Körper verträgt, mit dem halben Magen weniger im Körper aber reicht es bei der Roswitha nur noch für den Liebesfilm-Wahnsinn und ein bisserl noch für den alltäglichen:

„Wo ist denn die Trudi?", schreit der Biermösel sie an, nachdem er den Archie mit einem gewaltigen Fußtritt zur Seite geschoben hat und dann der Roswitha hinterhergerannt ist.

„Die ist verschollen", beichtet ihm seine Schwester mit schwacher Stimme. „Auf und davon, hinter mir die Sintflut."

„Na bravo! Und hat sie wenigstens schön mit dem Arsch gewackelt und mit ihrem Ringelschwanzerl gewunken, wie sie davongerannt ist, Herrgottnocheinmal!", schreit der Biermösel, der es einfach überhaupt nicht leiden kann, wenn die Weiber vor ihm davonrennen, dafür aber umso mehr, wenn sie dabei mit dem Arsch wackeln, er weiß, das ist ein bisserl schwer zu verstehen, aber so ist das halt.

„Kommt der Frühling, kommt ihr Abschied", weiß der Biermösel dann alles über die Weiber. Irgendwann wird sich auch die Trudi gedacht haben, dass das noch nicht alles gewesen sein kann in ihrem Leben, da im Schweinekobel neben dem Archie. Irgendwo da draußen wird einer gewartet haben, der besser ausgeschaut hat als er. Kein Schloss der Welt kann die Weiber dann halten, nachdem du sie jahrelang durchgefüttert hast, undankbar und böse sind sie, unverlässlich und blöd, genau wie der Bruder Hristov vom Doktor Krisper.

„Möchte ich spucken auf Boden, wenn ich denke an Weiber!", sagt der Biermösel, und bevor die Roswitha in ihre Kammer verschwindet, kann sie sich vom Biermösel noch Folgendes anhören:

„Das heißt übrigens *verschellt. Verschellt* heißt das, und nicht verschollen."

Wie sonst sollte der Mann den Weibern zeigen, dass er ihnen letztlich doch in allem überlegen ist, wenn nicht durch das alles entscheidende letzte Wort?

Schweinchen Dick

Die Nacht dann natürlich – lau und voller Mond! Gerade recht zum Weiberpacken, wenn man Weiber zum Packen hat. Er aber hat keine Weiber zum Packen, also was soll er mit einer lauen Vollmondnacht? In den Kanal hineinspringen vielleicht und endlich allem ein Ende bereiten?

Der Biermösel ist dann erst gar nicht mehr in die Gaststube hineingegangen und hat heute sogar auf die tägliche Kolik verzichten müssen, das erste Mal seit 35 Jahren.

Stattdessen ist er hinaufgewackelt in den Dachboden, wo er Trost gesucht und gefunden hat, bei seiner leicht verstaubten, vielleicht einmal zu oft getragenen und einmal zu heiß gewaschenen rosaroten Schweinchen-Dick-Unterhose mit dem kleinen weißen Schwanzerl hintendran, das da oben herumgelegen ist neben den ganzen nie explodierten Fliegerbomben, da muss er in Zukunft vielleicht ein bisserl aufpassen, wo er hinsteigt – und peng!

Die Explosion hat das halbe Dach weggerissen und ein schönes Loch in den Boden hineingeschlagen, durch das er – Kopf voran! – hinuntergefallen ist in seine Kammer wie die Ente in den See, patsch, patsch, patsch! Muss es denn wirklich immer sein Schädel sein?

Nach dem depperten Krieg haben die Amerikaner ja alles getan, erinnert sich der Biermösel jetzt an die Zeit nach dem depperten Krieg, damit ihnen die widerspenstigen Einheimischen in den grünen Lodentrachten und mit den goldenen Hauben endlich zujubeln: Ein Schwarzer hat ihnen rote Kaugummis, blaue Zwetschken, gelbe Bananen und orangene Orangen zugeworfen, hurra, hurra und yippieeiyeah! Aber die eigensinnigen Einheimischen haben es ihnen nicht gedankt und lieber mit nassen Fetzen zurückgeschossen, weil ihnen so leid um die depperte Drecksau Hitler war und um die Autobahn, die er ihnen so fest versprochen hat und aus der dann leider doch nichts geworden ist.

Die Amerikaner haben sich also eine List einfallen lassen müssen, um die Herzen der Einheimischen doch noch zu erobern, und sie haben den Umweg über die Dörfliche Jugend gewählt: Sie haben ein original blaues Superman-Kostüm mit einer roten Unterhose dazu als Jackpot verteilt, das heißt: Zuerst haben sie es aus dem Hubschrauber abgeworfen, und dann haben sich die Rotzbuben von der Dörflichen Jugend darum schlagen dürfen, Röntgenblick und Flugeigenschaften vom Superman im Hauptpreis inklusive.

Frage: Wer hat die größten Pratzen beim Raufen gehabt? Antwort: Der kleine Biermösel hat die größten Pratzen beim Raufen gehabt, und nach der kleinen Schlägerei auch gleich die wenigsten Freunde, heiliger Bimbam, viele Freunde hat er wirklich nie gehabt.

„Papa Biermösel!“, hat er kleiner Biermösel dann geschrien, als er mit der Trophäe am Körper nach Hause gekommen ist, breitbeinig und immer breitbeiniger, die Flügerln weit ausgestreckt wie der Auerhahn im Wald. „Papa Biermösel, schau bitte, was ich da gekriegt habe, bald kann ich fliegen und mit dem Röntgenblick schauen!“ Aber der Alte hat sich überhaupt nicht mit ihm gefreut!

„Den depperten Superman hast du dir andrehen lassen?“, hat er stattdessen geschrien, und dann hat er ihm eine Gnackwatsche verpasst, die ihm fast das Lamperl ausgeblasen hat, noch bevor er das Leben in seiner ganzen Gestörtheit überhaupt hat kennen lernen dürfen:

„Glaubst du vielleicht, ich tu alles, damit *der* da den Krieg überlebt? Und dann kommst du mit einer Superman-Unterhose daher, wo es doch auf der Welt auch Schweinchen-Dick-Unterhosen gibt?“, hat er ihn gefragt, nachdem er ihn an den Ohrwascherln in den Schweinestall zum Zuchteber hineingezogen hat, von dem er jetzt doch eher glaubt, dass er Ernesto geheißen hat, aber sicher nicht Ché.

Na gut, darf der Biermösel heute zur Entschuldigung vom Alten vielleicht anführen: Er war jung damals, und es war Frühling, als er vom extrem schlecht organisierten Betriebsausflug nach Russland zurückgekommen ist, und das war natürlich auch damals schon eine sehr explosive Mischung. Nach den ganzen Stahlgewittern, die vorher über ihm niedergegangen sind, war der Alte am Ende so glücklich, dass sein Eber unten im Keller hinter den (leeren!) Krautbottichen alles halbwegs gut überstanden und auch nach dem Krieg noch einen schönen Fettranzen mit sich herumgeschleppt hat, weil der Alte der Biermösel-Mama aufgetragen hat, dass sie auch während der ganzen Kriegswirren lieber den Zuchteber füttern soll, bevor sie sich selbst was vergönnt und vielleicht beim Tripischovski eine neue Goldhaube kauft, und dass sie dem Zuchteber gefälligst auch die Milch aus ihren Dutteln geben soll, bevor sie seinen einzigen, ein paar Monate nach einem kurzen Heimaturlaub geborenen Rotzbuben daran nuckeln lässt, auf jeden Fall lieber den hoffnungsvollen Eber als den eigenen hoffnungslosen Sohn damit füttern, entsprechend schmalbrüstig hat er kleiner Biermösel dann das Kriegsende erlebt, Stichwort: Spargeltarzan.

Der Alte ist dann einfach mit ihm zu den Amerikanern hinübergegangen und hat reklamiert, das heißt: Er hat sie alle miteinander hergedroschen wie der Knüppel den Sack. Und dann hat er Ohrwascherlrennen mit ihnen gespielt und sie gebeten, dass sie dem Sohnemann doch bitte eine rosarote Schweinchen-Dick-Unterhose besorgen sollen, und zwar flott. „Wenn schon Hollywood, dann Schweinchen Dick!“, hat er sie angeschrien, und fast hat er damit den depperten Weltkrieg noch einmal um ein paar Wochen verlängert und den brüchigen Frieden samt Marshallplan gefährdet.

Für die Amerikaner aber war natürlich schon damals nichts unmöglich, auch wenn sie in Wahrheit alle miteinander waschechte Engländer gewesen sind und mit Hollywood gar nichts zu tun gehabt haben. Aber damit sich der Alte beruhigt, haben sie ein paar schwarze Südstaaten-Weiber einfliegen lassen, die ihm dann eine Schweinchen-Dick-Unterhose aus original rosaroter Südstaaten-Baumwolle gestrickt haben, in die der kleine Biermösel dann auch gleich hineingestiegen ist und lange Jahre lang nicht mehr heraus.

Mit seiner rosaroten Schweinchen-Dick-Unterhose hat er aber nur stark und unbesiegbar ausgeschaut, solange er damit nicht in den lauen Maienregen gekommen ist. Sobald er aber damit doch in den heimischen frühlingshaften Platzregen gekommen ist, ist ihm seine außen getragene Unterhose kiloschwer hinuntergehängt wie jetzt die Haut von den Knochen von der Roswitha, und die ganzen anderen Rotzbuben haben dann natürlich über ihn gelacht und ihn mit Brennnesseln beworfen, die Zeit der Jugend ist halt leider auch eine sehr bittere und böse, aber bitter und böse ist im Grunde das ganze depperte Leben.

Der Biermösel versucht jetzt umso verzweifelter in seine alte Unterhose hineinzuschlüpfen, je aussichtsloser das Unterfangen ist. Er zwängt erst den einen Fuß hinein und dann den anderen, er fällt links hin und dann rechts, er fällt auf die Nase und dann auf die Ohren, bevor er wieder auf den Schädel fällt. Er will so gerne in seine rosarote Schweinchen-Dick-Unterhose hinein wie die Wurst in die Haut, aber sie passt ihm natürlich nicht mehr, und nicht nur wegen der paar Kilo zu viel, die er auf den Rippen trägt. Der Biermösel ist einfach hinausgewachsen. Seine Kindheit im warmen, wohlig duftenden Nachkriegs-Schweinestall liegt halt nicht nur ein paar Jahre zurück, muss er sich jetzt eingestehen, es liegt ein ganzes unerfülltes Leben dazwischen, in dem er es nicht weit gebracht hat, vom hoffnungsvollen kleinen Hosenscheißer mit den Riesenpratzen und der gestrickten Untergatte, der er einmal war, zum alten versoffenen Sack, der er heute ist und der jetzt noch immer nicht weiß, wie er zu einer neuen Unterhose kommen soll, damit er die Anni endlich packen kann, eine Erfolgsgeschichte schaut anders aus.

Verzweifelt und einsam verheddert er sich dann mit seiner Unterhose in der Feder von seiner alten Matratze, bevor er endlich das kleine Loch in der Arschnaht spürt, da schau her!

In einem kurzen Anflug von Ermittlungseifer fragt er sich, was ihm denn ein kleines Loch in der Arschnaht von so einer Unterhose im Hinblick auf das Verschwinden vom Hasenscharten-Ulf aus dem Glockenturm vom Pfarrer Hein sagen könnte, aber noch kommt er natürlich nicht drauf.

Er schaut nämlich auf einmal durch das Loch, das er zur Kammer von der Roswitha hinüber gebohrt hat, damit er sie Tag und Nacht kontrollieren kann, wenig ist im Leben wichtiger als die totale Kontrolle. Und dann erschrickt er wie der Todeskandidat beim morgendlichen Appell, weil er auf einmal in das Auge von der Roswitha hineinschaut.

Na bumsti!, denkt er sich. Muss es ihn beunruhigen, dass sie das Schlachtermesser zwischen den Zähnen trägt?

Da glaubt der Biermösel endlich zu wissen, warum ihm die Roswitha in letzter Zeit beim Servieren vom aufgetauten Schwein immer mit der Schublehre den Daumen gemessen hat und warum sie dann immer wieder ganz leise „bald ist es so weit" gesagt hat. Gerne täte er jetzt den Kasten vor die Tür schieben und alle Defensivwaffen gegen den Feind in Stellung bringen, aber er kann sich einfach nicht mehr rühren. Alles Unverdaute aus seinem Leben liegt schwer wie ein Kanaldeckel in seinem Magen, und die Feder von der Matratze will ihn auch nicht mehr loslassen, so gerne hat sie ihn.

„Bald ist es so weit", hört er dann die Roswitha in ihren Damenbart hineinmurmeln. „Bald ist mein Schweinchen dick genug."

Dass der Biermösel in dieser ausweglosen Situation sein Unterhosenproblem noch irgendwann lösen wird, das kann er sich jetzt eigentlich nicht mehr vorstellen.

Außer natürlich, es passiert noch was Überraschendes.

„Bob spricht!“

„Hallo Lois, Bob spricht! Bob Woodward from the *Washington Post,* how do you do in your gummishoe?“

„Der schon wieder!“, denkt sich die Aloisia „Lois“ Lehn, die als Reporterin beim regionalen Teil vom *Ländlichen Boten* überraschende Anrufe ja gewohnt ist, auch spät nachts, wenn sie mit dem kalten Rotwein und den trockenen Keksen vor dem Fernseher liegt, mein Gott, sie hat die Kekse halt gerne trocken und den Roten am liebsten kalt, was soll sie denn machen?

Solcherart gut ausgerüstet, schaut sie sich wieder einmal „Die Unbestechlichen“ auf der schon ziemlich ausgefransten Videokassette an, mit dem Robert Redford und dem Dustin Hoffman in den Hauptrollen und dem Holzfuß neben sich auf der Couch, den sie für heute abgeschnallt hat.

„Ist ja schnell wieder montiert!“, sagt sich die Lois Lehn immer, falls draußen doch noch irgendwo der Blitz einschlägt und eine Feuersbrunst entfacht. Oder falls endlich wieder mal einer die Güte hätte, dass er sich beim Sankt Christophorus drüben an der Abzweigung nach Goisern überschlägt und dann an der eigenen Kniescheibe erstickt. Oder vielleicht findet der Biermösel ja doch noch heraus, wohin der Hasenscharten-Ulf verschwunden ist.

Ist aber leider viel zu selten der Fall, dass sie rasende Reporterin den Holzfuß zum Rasen braucht. Ihre einzige Hoffnung auf eine richtige Story ist der Föhn. Aber auch der hat sie bisher enttäuscht. Es tut sich einfach nichts in diesen Tagen vor Ostern.

Also legt die Lois Lehn auch nicht gleich auf, als der Bob Woodward, diese lästige Klette, sie schon wieder anruft, sondern fragt der Höflichkeit halber:

„Bob? Are it really you again, you beginner?“

Oder auf Deutsch und zum besseren Verständnis der sehr komplexen und sehr gespaltenen Persönlichkeit der Lois Lehn:

„Robertl, bist es wirklich schon wieder du, du Anfänger! Dauernd rufst du mich an, weil du mit deinen schwachbrüstigen Storys nicht weiterkommst!"

„I'm so sorry, baby", haucht der Bob Woodward ebenso beschämt wie sanft, sanfter hat dann später nur noch der Robert Redford als Unbestechlicher „I'm so sorry, baby" gehaucht, aber darum haben sie ihn ja auch genommen.

„Also warum rufst du an?", macht die Lois Lehn Druck, „I don't have stolen my time!"

„Please listen jetzt very carefully Lois, it is the following etwas längere Story", sagt der Bob. „Schon mal was von einem Tripischovski from over there in Ischl gehört?"

„Der King of Loden?"

„The King of Kunstfaser, you must say nowaday!", korrigiert sie der Bob, und sofort schläft der Lois Lehn der Phantomfuß ein, weil der einfach nie zum Punkt kommen kann.

„Do you think, I have interest in your Gespensterstorys", fährt sie ihm etwas strenger in die Parade. „I must finish meine eigenen two Storys, what do you think?"

Gerne lenkt sie im Gespräch mit dem Bob die Aufmerksamkeit auf ihre eigenen journalistischen Leistungen, aber das gibt dem Bob natürlich auch die Gelegenheit, selbst noch dazuzulernen, von der Lois Lehn kann schließlich jeder rasende Reporter nur lernen:

„What Storys, Lois?", fragt er so ein bisschen um die Ecke herum, aber die Lois Lehn ist natürlich auch nicht auf der steirischen Kürbissuppe dahergeschwommen und erkennt die Absicht dahinter. Sie will lieber nicht zu viel verraten von ihren Storys, also nur so viel:

„Der Frisör Manfred wird endlich ans Kanalnetz in Aussee angeschlossen, falls es dich interessiert, das ist die eine Story."

„Oh my god!", jault der Bob am anderen Ende der Leitung. „Is it the truth?"

„Na, was glaubst denn du!“, gibt sich die Lois betont kühl und gelassen. „Und wenn du mich fragst: höchste Eisenbahn, dass ein Frisör endlich einen Kanalanschluss kriegt, wegen dem guten Duft, you understand me?“

„Great Story!“, brüllt der Bob. „Tell me more!“

„Na, immer schön langsam, nur keine unnötige Hast, so schnell schießen die Komantschen nicht!“, nimmt die Lois Lehn gleich dreifach Tempo aus dem Reporter-Ping-Pong, „und geh mir bitte jetzt nicht auf die Nerven mit deinem ‚Tell me more!‘, ich hab nämlich ein kleines bisschen Migräne im Oberstübchen, und zwar wegen dem Föhn, do you understand me?“

„I'm so sorry for that, baby.“

„Ja ja! Du und dein ‚sorry, baby‘ könnt mir gestohlen bleiben! Aber falls es dich interessiert: Jetzt ist nur noch der Biermösel drüben im Auerhahn ohne Kanalanschluss, aber einer muss immer der Letzte sein, da erzähl ich dir ja nichts Neues!“

„Eine emotional Story also?“, fasst der Bob die Story kurz zusammen und spinnt sie selbst ein bisschen weiter. „Erste Welt und fehlender Kanalanschluss, Wohlstand und bittere Armut, jaja, da könnte tatsächlich was drinstecken. Aber fehlt da nicht noch die Sahne auf dem Törtchen, Lois? Please tell me more!“

„Du bist aber wieder neugierig heute!“

„Investigativ, Lois. Ich frage nur investigativ.“

„Die Sahne auf dem Törtchen ist die Schweinsgulaschsuppe, die der Biermösel immer verdrückt, falls es dich interessiert. Die ist nämlich scharf wie mein Puderdöschen im Frühling, und es kracht immer ganz ordentlich im Gebälk, wenn der eine Bombe zündet, in Kalkutta unten täten sie den sofort davonjagen, wenn der sich neben die Kuh an den Straßenrand setzt und dort sein Häufchen abstellt – habe ich Häufchen gesagt? Du meine Güte! Auf einem Parkplatz im small german corner – you understand? – steht eine Gedenktafel, dort hat er sich vor 35 Jahren mal die Füße vertreten müssen im Rahmen von einem Gendarmerie-Betriebsausflug, und dann hat er hinter einem Baum sein Geschäft verrichtet, the big one! Also der Baum, was soll ich dir sagen, der sieht jetzt nicht mehr aus wie die stolze Eiche im Lehrbuch, der sieht aus wie der Dornbusch in der Bibel, aber mehr erzähl ich dir nicht!"

Schon ärgert sie sich wieder über ihr loses Mundwerk. Für eine rasende Reporterin, die es auf den Pulitzerpreis abgesehen hat, redet sie einfach zu viel. Ein hämisches Kichern am anderen Ende der Leitung und das Geräusch eines Stenobleis auf einem Schmierzettel bestätigen ihr, dass der Bob schon wieder eine von ihren Storys stehlen und an ihrer Stelle den Preis abstauben will, damned! Aber bevor sie endlich auflegen kann, stellt der schon wieder die genau richtige Frage, das macht er wirklich sehr gut:

„Und wann ist es so weit, Lois? Wann fällt der erste Krapfen in den Kanal vom Frisör Manfred hinein?"

„Na morgen ist es so weit!", platzt es aus der Lois heraus, sie kann einfach keine Geheimnisse für sich behalten. „Ab morgen rinnt die Scheiße endlich in den Kanal hinunter, und ich werde halt dort sein und ein paar Fotos machen, ‚bitte lächeln!', für eine gut recherchierte Story ist ja heutzutage kaum noch Platz in so einer Zeitung, alle wollen nur Fotos und noch mehr Fotos, keiner interessiert sich mehr für die Story, das wäre jedenfalls die eine Story, an der ich gerade schreibe."

„Und die andere?"

„Die andere ist die, dass der Hasenscharten-Ulf verschwunden ist, falls dich das überhaupt interessiert, dingdong, der Glöckner vom Pfarrer Hein drüben ist ihm aus dem Glockenturm ausgebüxt."

„Holy shit!", schreit der Bob jetzt entfesselt in die Telefonmuschel hinein, „these are so great Storys, Lois! Stay focused!"

„Na, immer schön die Kirche im Dorf lassen, wenn wir schon davon reden!", rückt die Lois Lehn vom *Ländlichen Boten* die Verhältnisse mit dem Bob Woodward von der *Washington Post* wieder gerade. „Wie wenn ich von dir gute Ratschläge brauchen könnte, Bobby-baby! Wer ruft denn wen die ganze Zeit an, wenn er nicht mehr weiterweiß mit seinen Storys, you or I? Du könntest dich längst an deinen breiten Hosenträgern aufhängen, wenn du mich nicht hättest.“

„I'm so sorry, Lois!“

„Und hör endlich auf, mich Lois zu nennen, my name is Carl, Carl Bernstein from the *Washington Post!*“

„I am so sorry, Carl.“

„Na siehst du, geht doch!“

Die Lois Lehn kippt zur Abkühlung eine halbe Flasche vom sauren Rotwein, und dann herrscht ein kurzes Schweigen zwischen den beiden Starreportern, aber nach zwei Sekunden ist es schon wieder vorbei.

„Und?“, sagt die Lois endlich, sie hält die bleierne Stille nicht aus. „Willst du mehr wissen?“

„Much more!“

„Well“, sagt die Lois, „viel mehr kann ich dir natürlich nicht über das Verschwinden vom Hasenscharten-Ulf verraten, aber es gibt da natürlich Gerüchte, da erzähl ich dir sicher nicht zu viel.“

„Rumours?“, läuft dem Bob endgültig das Wasser im Mund zusammen. Nichts liebt ein Pulitzerpreisträger mehr als Gerüchte.

„Tell me more, Lois, more, more, more!“, fleht er geradezu. Und weil es der Lois doch ein wenig schmeichelt, dass sich der Bob Woodward von der *Washington Post* fast in die Hose scheißt, wenn er ihre Storys hört, wirft sie ihm noch dieses Häppchen zu:

„Na gut, wenn du mir vielleicht verraten kannst, was ‚von hinten in den Arsch hineinstecken‘ auf Englisch heißt, dann kann ich dir mehr über den Pfarrer Hein und den Hasenscharten-Ulf erzählen, also wie schaut's aus, Bob, kannst du mir wenigstens sagen, was ‚von hinten in den Arsch hineinstecken' auf Englisch heißt?"

„We call it *ass fuck*, Lois."

„Na dann weißt du ja, was ich ungefähr meine!", sagt die Lois. „Und jetzt erzähl du mal was!"

„Well, as I said before, Lois: Schon mal was von einem Tripischovski from Ischl over there gehört?"

„Der King of Loden?"

„The King of Kunstfaser, you must say nowaday!"

Und nicht nur die Lois hat jetzt das Gefühl, dass sie beide in einer Endlosschleife gefangen sind.

„Also was ist mit ihm, zackizacki!", sagt sie, und der Bob verrät ihr dann gerne noch so viel:

„Well, der Tripischovski aus Ischl drüben hat dem Mister Präsident aus Amerika drüben viele, viele Unterhosen aus Kunstfaser verkauft, die für die boys unten in Bagdad bestimmt waren, you understand? Magic underwear! Absolutely unzerstörbar!"

„Holy Mary mother of the god upstairs in heaven!", hält die Lois die langweiligen Storys vom Bob nur sehr schwer aus. „Und die Story, Bob? Die Story!"

„Carl!", verzweifelt der Bob dann langsam an der Lois. „Ein zerstörtes Flugzeug liegt jenseits der Baumgrenze heroben am Gebirgshang in Aussee, mit jeder Menge Unterhosen drinnen, für die der Biermösel kilometerweit gehen würde, und du fragst mich, wo die Story ist?"

„Na, ich sehe sie halt nicht!", sagt die Lois und legt auf.

Endlich schnallt sie sich dann doch noch den Holzfuß an. Aber nicht, um vielleicht den beschwerlichen Weg hinauf zum Gebirgskamm anzutreten. Sie wackelt lieber gemütlich zum Kühlschrank, wo zwar keine Story auf sie wartet, aber dafür der kalte Rote und die trockenen Kekse, mein Gott, sie hat die Kekse halt gerne trocken und den Roten am liebsten kalt, was soll sie denn machen?

Warum aber kennt der Bob Woodward von der *Washington Post* den Biermösel?, fragt sie sich dann doch, als sie zur Couch zurückwackelt. Vielleicht ist ja das eine gute Story?

Der Biermösel hat dann noch länger als ihm lieb war das rollende „Rrrrrr“ vom Staatsschauspieler im Ohr gehabt, zusammen mit dem Gebimmel Gebammel der Glocken aus der Bruchbude vom Pfarrer Hein – die Zwillinge lassen ihn vielleicht auch mehr büßen, als er verdient hat!

Rollende Rrrrs hier, donnernde Glocken da, von allen Seiten, zu allen Zeiten setzen ihm die Lärmterroristen zu.

„Lärmterroristen! Lärmterroristen!“, hat der Biermösel dann geschrien, als er sich im verzweifelten Wunschtraum die Ohren ausgerissen und ein paar Kilo Bauchfleisch von der Trudi in die Muscheln hineingesteckt hat. „Gibt es denn auf der ganzen Welt nichts anderes als immer nur noch mehr Lärmterroristen?“

Das fragt er sich schon beizeiten.

Im frühmorgendlichen Vollrausch hat der Staatsschauspieler ihn aus der Kantine vom Staatstheater heraus angerufen und mit noch viel rollenderem „Rrrrrr“ als sonst gefragt, ob er es vielleicht war, der seinem Rotzbuben Anton-Maria neulich das halbe Ohrwascherl weggeschossen hat, sodass es zu Hause noch ordentlich geraucht hat. – Das mit dem Telefonieren nimmt auch ein bisserl überhand!, findet der Biermösel.

„Ich war's nicht!“, hat er also schnell gesagt und gehofft, dass er mit dieser kleinen Notlüge aus dem Schneider sein wird, aber der feine Herr war gerade ein bisserl in Streitlaune:

„Und hast du ihm das Ohrr vielleicht ohne Haftbefehl und ohne erkennbarren Grrund, ja, vielleicht überhaupt nur aus derr rreinen frrühlingshaften Laune herraus weggeschossen?“

„Hab ich nicht!“

„Dann schwörre, Insekt!“, hat er gedonnert. „Schwörre bei deiner Möhrre, sonst …“

„Sonst was?“

„Sonst Rrübe ab! Und wenn nicht Rrübe ab, dann hinab mit dirr ins Inferrno, zapp, zapp, zapp, hast du deinen Dante nicht gelesen?“

„Wen?“

„Meine Fresse, dann schneide ich dirr halt ein Pfund Fleisch aus deinem Schenkel, diese Geschichte wirrst du ja wohl kennen?“

Der Biermösel kennt ein paar sehr schöne Geschichten, in denen ein gut abgehangenes Stückerl Fleisch eine Rolle spielt, das aus der Sau herausgeschnitten und dann über den Umweg Ofen auf seinem Teller landet, gute Geschichten allesamt. Aber diese spezielle Fleisch-Geschichte vom Staatsschauspieler kennt er jetzt gerade leider nicht, da muss er ihn enttäuschen:

„Nie gehört!“

„Herrrrrgott! Dann wenigstens ‚Schuld und Sühne‘? Garrr nichts? Rrrrosegger Peterles Waldheimat? Auch nicht den Waggerl? Nicht einmal seine Weihnachtsgedichte?“

Der Biermösel hat dann einfach aufgelegt. Er hat sich mit den Riesentrümmer Fäusten gegen die Ohrwascherln gedroschen und „Urlaub! Urlaub!“ geschrien. Weil er aber selbst nicht der einfallsreiche Vielreisende ist, hat er noch ein paar Minuten auf die rettende Hand gewartet, die ihn aus seinem Elend herauszieht, und – Überraschung! – da war sie auch schon:

„Charles Lindbergh an Biermösel, Charles Lindbergh von jenseits der Baumgrenze an Stubenhocker Biermösel unten im Tal, bitte schnell kommen herauf in die Berge!“

„Aha“, hat sich der Biermösel gedacht, „das wird der Doktor Krisper in seinem Sechstberuf als Stimmenimitator sein!“ Und wie der Pfeil aus dem Bogen ist er hinausgeschossen auf die Straße, kaum dass er das Funkgerät an seiner Fips hat anschlagen gehört. Wenn nämlich beim Doktor Krisper oben jenseits der Baumgrenze die Lösung für all seine Probleme auf ihn wartet, warum dann nicht hinauf in die Berge? Und außerdem:

„Wer immer nur im Tale sitzt

Zum Himmel schaut und Wasser schwitzt
Wer nie die Alpenwelt geschaut
Der bleibt ein Aff' trotz Menschenhaut
Holladiödülliö!“

Singen die Radinger Spitzbuben, seine Lieblingsband.

Der Biermösel hat dann schnell die Satteltasche geschultert und gehofft, dass er das rollende „Rrrrr“ und das Donnern der Glocken oben in den Bergen für immer hinter sich lassen kann, Stichwort: frische Luft! Die beschauliche Fahrt hin zum Einstieg in den Berg hat er dann auch nicht einfach vertrödelt. Vielmehr hat er hinter seiner General-Jaruzelski-Brille das Hirn arbeiten lassen und sich die eine oder andere dunkle Frage gestellt:

„Wo ist der Hasenscharten-Ulf?“

Und mit der bitteren Antwort darauf hat er auch nicht lange hinter dem Berg gehalten:

„Ich weiß es nicht.“

Also hat er sich weiters gefragt, was um alles in der Welt den Tripischovski angetrieben haben könnte, dass er dem Pfarrer Hein so eine große Glocke in den Kirchturm hineinhängt, nachdem er die Lodenproduktion eingestellt und sich der Kunstfaser zugewendet hat. – „Wo bitte ist denn da der Zusammenhang?“

Und auch hier hat er nicht lange auf die richtige Antwort warten müssen:

„Wegen dem schlechten Gewissen, wegen was denn sonst!“

Der Biermösel macht sich rank und schlank und schaut, dass er jetzt schnell, schnell durch die Kanaldeckelstraße kommt. Dabei spürt er den Druck, der auf ihm lastet, weil selbstverständlich wieder er es sein wird, der ein Ausrufezeichen gegen den immer weiter um sich greifenden Wahnsinn mit dem schlechten Gewissen setzen muss, und – Überraschung! – schon bietet sich ihm eine sehr schöne Gelegenheit, aber eine wirklich sehr schöne!

In kaum hundert Meter Entfernung sieht der Biermösel nämlich schon wieder den Bauern Ruprecht in seinen Gummistiefeln bei einem offenen Kanalloch herumstehen und mit beiden Händen seine Hendlscheiße hineinschaufeln. Zuerst donnert der Biermösel ja noch knapp an ihm vorbei, weil man die forcierte Fahrt keinesfalls stoppen darf, wenn man ausnahmsweise einmal Rückenwind hat, schon gar nicht wegen einem Bauern!

Aber dann fällt ihm endlich ein, an wen ihn die wurmstichige Visage vom Bauern Ruprecht die ganze Zeit erinnert hat, und er denkt sich erfreut:

Endlich sind sie gekommen, die Tage des Zorns!

Was nämlich dem Chinesen das lange Warten an der Biegung vom Fluss, das ist dem Biermösel der ad hoc zurechtgeschnitzte Fall, oder andersherum ausgedrückt: Man muss es als Gendarmerie nur ein bisserl verstehen, dass man sich Kausalzusammenhänge zusammenschnitzt, wo es gar keine Kausalzusammenhänge gibt:

„Bist du vielleicht der Busfahrer Steinermaier von vor 35 Jahren, der mich nicht hat aussteigen lassen, wie ich so dringend müssen hab?“, gräbt der Biermösel eine Sache aus seiner ruhmlosen Vergangenheit aus, die ihm vielleicht noch immer unverdaut im Magen herumliegt und die ihn ein bisserl an einem so genannten erfüllten Leben gehindert hat, wie es die depperten Gutsbesitzerinnen im Liebesfilmfernsehen immer haben, freilich nur solange, bis es sie mit dem Pferd überschlägt und sie sich das Kreuz brechen, die Überschläge samt dem gebrochenen Kreuz machen selbst dem Biermösel das depperte Liebesfilmfernsehen in letzter Zeit ein bisserl schmackhaft.

Der Bauer Ruprecht aber streitet natürlich alles ab, wie es die Unart von den Bauern ist:

„Geh Biermösel, sei doch bitte nicht so deppert, ich bin der Bauer Ruprecht!“, sagt er, aber der Biermösel kontert elegant:

„Das lass ruhig meine Sorge sein, wer du bist!“

Dann stellt er die Fips kurz in den Schatten, damit er sie nicht halten muss und die gewisse freie Hand hat, wenn er zornig wird, und dann geht er breitbeinig und entsprechend langsam auf den Ruprecht zu, der die Situation noch immer komplett falsch einschätzt, weil er im Biermösel nach wie vor einen Landgendarmen sieht, während er sich doch längst in den Django verwandelt hat.

„Kümmere dich lieber um meine gestohlenen Hendln, Biermösel!", sagt er ein bisserl von oben herab. „Jedes Hendl zählt schließlich, wenn man EU-Subventionsempfänger ist!"

„Damit du dann vielleicht noch mehr von dem Hendlscheißdreck in den Kanal hineinkippen kannst?", sagt der Biermösel mit dem gewissen zornigen Unterton in der Stimme und den gewissen hinaufgezogenen Augenbrauen hinter der General-Jaruzelski-Brille, die den Ruprecht jetzt hoffentlich an die gewisse angespannte Atmosphäre im Kalten Krieg erinnern und daran, dass beim Biermösel die Zeit der reinen Abschreckung endgütig vorbei ist, die Tage des Zorns aber gekommen sind – und hoppala!

Schon liegt der Bauer Ruprecht im Kanal unten in seiner Hendlscheiße drinnen, und keiner weit und breit, der ihm helfen täte.

Na gut, denkt sich der Biermösel dann, wie er in Schwerstarbeit einen Kanaldeckel von einem anderen Loch herbeischleppt und auf das eine Loch drauflegt, in dem der Knecht Ruprecht gerade auf sehr tragische Weise das Zeitliche gesegnet hat. Na gut, denkt er sich: Wer die Welt insgesamt ein bisserl enger sieht, der wird jetzt vielleicht sagen, dass er gerade einen astreinen Mord begangen hat (nicht seinen ersten zwar, aber den ersten an einem Zweibeiner, der keine Flügerln hat).

Aber schlechtes Gewissen, wie vom Pfarrer Hein für solche Fälle ausdrücklich verordnet, hat der Biermösel natürlich keines. „Und außerdem, Euer Ehren!", plädiert der Biermösel gedanklich auch gleich auf strafmildernde Umstände, „wenn man sich die Sache genauer anschaut, dann war es ja nur ein Bauer, oder?"

„Freispruch, Biermösel!"

„Danke, Euer Gnaden!"

Endlich befreit von der drückenden Last, dass er nicht damals schon den depperten Reisebusfahrer Steinermaier mitsamt den ganzen Kameraden sofort im Kanal versenkt hat, schraubt sich der Biermösel dann verwegen durch den Wald hinauf in Richtung Baumgrenze, wo die Luft klar und sauber ist.

Es geht dabei überraschend flott dahin, solange er auf der Fips sitzt und den Gebirgskamm über die Serpentinen mit Unterstützung vom Verbrennungsmotor in Angriff nimmt, da kommt er im niedrigen Gang trotz Übergewicht ganz gut voran. Freilich nur solange, bis der Motor dann doch zu stottern anfängt und in der dünnen Höhenluft überhaupt abstirbt. Kruzifixnocheinmal, denkt der Biermösel dann nicht nur positiv über das Sterben, bevor er die Fips an eine Rotbuche bindet und sich von ihr verabschiedet, in letzter Zeit stirbt aber dauernd irgendwer!

Als der Biermösel dann endlich in den Berg einsteigt („Dass es so hohe Berge überhaupt gibt!"), muss man sich den Biermösel noch als relativ glücklichen Menschen vorstellen. Jedoch ist er Stubenhocker und Bankerldrücker schon länger nicht mehr zu Fuß gegangen, in seinem Alter bleibt er halt überhaupt am liebsten auf seinem Erlebnispark sitzen, wo es keine Dornen gibt, die ihn stechen können („aua!"), und keine großen Bären, die ihn vielleicht fressen wollen („Hilfe!").

Sobald der Biermösel dann den ersten Höhenmeter bewältigt hat, fallen ihm auch schon die Lungen zusammen, und nach dem zweiten Höhenmeter pflastern bereits grüne und gelbe Schleimbrocken seinen Weg, wie früher den Weg vom Django die eine oder andere Leiche gepflastert hat, und an den lange nicht mehr gelüfteten Füßen wachsen ihm Blasen, die so groß sind, dass er sie am Jahrmarkt in Gmunden drüben als Luftballons verkaufen könnte.

Wie der Frisör Manfred um seinen Frisörsessel tapst der Biermösel vorsichtig um die Bäume herum, halb blind auch, weil er trotz der Finsternis die patentierte General-Jaruzelski-Brille trägt, die ihn, da er schutzlos und ohne Wetterfleck wandert und an der Wunde am Arsch sowieso schon lockendes Blut verliert, nicht nur vor der Schneeblindheit schützen soll, die ihn da oben mit Sicherheit erwartet, sondern hoffentlich und insbesondere auch vor dem einen oder anderen herumstreunenden Bären, der vielleicht gerade aus seinem Winterschlaf erwacht ist und sich mit knurrendem Magen auf das erste Schnitzerl im heurigen Frühling freut, ohne Reis zwar als Beilage, dafür aber mit General-Jaruzelski-Brille.

Solange der Biermösel dann im Wald ist, halten die Bäume wenigstens den Hall von den donnernden Glocken im Tal fern. Kaum aber, dass er doch noch seinen Schädel aus den Baumwipfeln hinausstreckt und die Wälder hinter sich lässt, hört er schon wieder das elende Gebimmel aus der Bruchbude vom Pfarrer Hein, und er fragt sich, ob es nicht überhaupt das Beste gewesen wäre, wenn er anstatt dem Berg den Kirchturm bestiegen und ihn eigenhändig von oben bis unten abgetragen hätte, er fragt sich jetzt wirklich, ob das nicht überhaupt das Gescheiteste gewesen wäre.

Als der Biermösel die Baumgrenze dann endlich hinter sich lässt und seine einmalige Weißheit der tödlichen Höhensonne darbietet – schneller hat noch keiner einen Sonnenbrand gehabt! –, sieht er in hundert Meter Entfernung doch noch den selbst ernannten Charles Lindbergh gegen einen Felsen gelehnt. Wie ein trauriger einsamer Bär sitzt er da, der nichts mehr in seinem Honigglas hat, weil er alles alleine und vor allem viel zu schnell aufgefressen hat.

Hoffentlich kann der mir jetzt einen guten Grund nennen, wegen dem ich ihn da heroben besuche, hofft der Biermösel inständig, bevor er kurz vor dem Ziel noch einmal zusammenbricht und – weil er so fett geworden ist! – wie ein Stein die ganze Strecke wieder hinunterrollt, poing, poing, poing, wo er sich tapfer wieder sortiert und den Aufstieg von vorne beginnt.

Spätestens jetzt aber darf man sich den Biermösel als sehr unglücklichen Menschen vorstellen.

Jenseits der Baumgrenze

Dorthin, wo die äußeren Bedingungen selbst im Frühling kalt und abweisend sind, hat der Doktor Krisper sich in seinem Siebtberuf als Präsident des Österreichischen Gewichtheberverbandes zurückgezogen und alle seine Kandidaten für die Gewichthebermannschaft mit Ziel Olympia Peking 2008 für gestern vier Uhr früh (pünktlich!) zum Höhentrainingslager einberufen, die er nach folgenden Kriterien ausgewählt hat: Alter (jung!), Aussehen (gut!), Oberschenkelumfang (mächtig!) sowie Beschaffenheit ihrer Popotschiarschis in den tailliert geschnittenen Sporthosen aus Kunstfaser („Mmmhm, lecker!").

Und stark sollten sie natürlich auch sein!

Er hat also darauf gehofft, dass sich zum ersten Kennenlernen der lieben Kameraden einfinden würden:

Der Schlachterbursche Emmerich der Jüngere vom Schlachthof in Wels drüben, Abteilung Schwein, den er aus seiner ekelhaft blutigen Plastikschürze herausholen und in die sehr, sehr engen rot-weiß-roten Kunstfasersporthosen des österreichischen Nationalteams hineinstecken wollte. Mit ein paar Litern Fremdblut, ein paar Schuss Sauerstoff extra und ein bisschen Aspirin-C-Brause hätte er aus ihm einen unbezwingbaren Titanen geformt. Allerdings hat der Emmerich das Glas Hirschblut, das er ihm zur Begrüßung angeboten hat, rundheraus abgelehnt, als er gestern nach der Spätschicht auf einen Sprung vorbeigeschaut hat:

„Schweineblut ja, Hirschblut – nein danke!", hat er gesagt. Und dahin ging seine Hoffnung Emmerich, hinunter ins Tal, zurück in den Schlachthof. Nur die Aspirin-C-Brause hat er genommen, „gegen den Föhn!"

„Ach!", seufzt der Doktor Krisper, „der Emmerich war doch perfekt!"

Dann hat er seine ganze Hoffnung in den auch sehr knusprigen Eisenbiegerschnupperlehrling Wilfried von der ewigen

Baustelle Kanaldeckelstraße gesetzt, der dort im Auftrag der Bundesregierung seit Jahr und Tag Kanaldeckel von einem Loch zum anderen schleppt, damit es wenigstens so aussieht, als wären für alle Löcher genug Deckel da. Mit seinen mächtigen und mächtig behaarten Armen hätte der Wilfried unbedingt das Zeug für einen Podestplatz gehabt, aber der Wilfried hatte seine Nerven nicht im Griff:

„Ein abgestürztes Flugzeug? Genau wie es der Pfarrer Hein prophezeit hat, Hilfe!" Und sofort ist er wieder aus seinen engen Shorts herausgeschlüpft und in die sonntägliche Tracht zurückgesprungen, dabei hat er „Jubilate Deo!" geschrien und sich zigmal bekreuzigt. So stark der Wilfried auch war – seine Angst vor dem Pfarrer Hein war letztlich stärker!

Dass der Hasenscharten-Ulf, der mit seinen angeblich weinfassdicken Oberarmen ein sicherer Gold-Tipp gewesen wäre, dann gar nicht aufgetaucht ist, das hat die grundsätzlich positive Stimmung vom Doktor Krisper auch nicht mehr getrübt. Er trägt ja immer sein Picknickkörbchen mit sich herum und in seinem Picknickkörbchen die Krankenblätter seiner Patienten zum Beispiel, die immer etwas sehr Tröstliches haben.

Er legt sie auf seine übereinandergeschlagenen, sehr dünnen und sehr femininen Beine in den Lodenknickerbockern, mit seinen Beinen kann er wirklich zufrieden sein. Dann kaut er an seinem Stiftchen herum und fängt an, die Krankenblätter auf den neuesten Stand zu bringen:

„Was haben wir denn da?", fragt er sich. „D wie Dörfliche Jugend, du meine Güte!"

Augenblicklich schaudert es den Doktor Krisper, wenn er daran denkt, wie ängstlich die Rotzbuben von der Dörflichen Jugend bei jeder Schuluntersuchung das Arschfältchen zusammenkneifen. Sie leiden allesamt unter Verstopfung, notiert er, und stolpern von einem Schließmuskelkrampf zum nächsten. Wovor haben sie denn solche Angst, dass sie gar so dicke Lederhosen tragen und er ihnen nicht mit der Arzttaschenlampe in den Kamin hineinleuchten darf, wovor denn?

Der Doktor Krisper weiß es natürlich, aber er sagt es nicht.

Er blättert lieber weiter zu L wie Lois Lehn, seiner schwierigen Schizo-Patientin.

„Weltweit größter Fan von Dustin Hoffman“, bringt er ihre Akte auf den neuesten Stand, wohingegen sie den Robert Redford überhaupt nicht leiden kann. „Glaubt neuerdings sogar, dass sie Carl Bernstein von der *Washington Post* ist!“, notiert er besorgt. „Das muss man sich erst einmal vorstellen!“

Als der Doktor Krisper das Flugzeug abstürzen sah, hat er sie natürlich sofort angerufen, um ihr rotes Weinnäschen auf eine Geschichte zu stoßen, die ihr endlich Ruhm und Anerkennung in der Welt der schreibenden Zunft einbringen sollte, aber sie hat immer nur gefragt:

„Wo ist denn die Story?“

Es hat jedenfalls ganz ordentlich gestaubt letzte Sternennacht, als der Unterhosen-Bomber der US Air Force mit Ziel Bagdad hier heroben zuerst niedergegangen und dann auseinandergebrochen ist, nachdem der wackere Pilot zuvor ein paar Kilometer weit den Gebirgskamm entlanggeschrammt ist und sich verzweifelt gegen den Föhnsturm gewehrt hat, der ihm aber letztendlich seinen Willen aufgezwungen hat wie der starke Arm vom Hasenscharten-Ulf der extrem schwer zu läutenden Glocke vom Tripischovski.

„Und die Story?“

Die Story ist die, dass die sicherlich auch sehr leckeren und gut trainierten *boys* drüben in Bagdad jetzt ohne Unterhosen in der Wüstenhitze herumstehen, während hier heroben in der Höhensonne ein paar zehntausend davon herumliegen, aus Kunstfaser und made by Tripischovski, dem er noch vor ein paar Monaten den Lodenschrank leergekauft hat.

„Das wäre jedenfalls ungefähr die Story gewesen, Carl.“

Der Doktor Krisper blättert dann unverdrossen weiter zu B wie Biermösel, oh lá lá lá! Was kann, was soll, was darf man als Arzt über so einen Menschen noch sagen?

Er hebt die mehrbändige Ausgabe der Biermösel'schen Krankenblätter von seinen schlanken Schenkeln und legt sie auf den bemoosten Almboden. Dann kritzelt er mit seiner Ärzteklaue geschwind, geschwind ein psychiatrisches Ferngutachten in eine letzte freie Ecke:

„Traumatische Kindheitserfahrungen mit sexuell extrem überlegenem Zuchteber praktisch erwiesen. Muss seither – aus Rache, aus Haß, aus Wut – alles Säuische vernichten, sprich: Er muss die Schweinderl essen!"

(Exkurs: „Fühlt sich der Biermösel etwa auch Hopfen und Malz unterlegen, weil er zusätzlich alles Bier dieser Welt vernichten muss? Das wäre weltweit vermutlich das erste Mal, dass sich einer Hopfen und Malz unterlegen fühlt, aber möglich ist es, möglich ist beim Biermösel alles.")

Um den Biermösel wenigstens von einem seiner vielen Leiden zu befreien (von seiner unbeschreiblichen Unterhose!), hat der Doktor Krisper ihn heute Früh angefunkt und hier heraufbestellt, wem sonst könnte er mit einer neuen Unterhose mehr Freude machen, und Geburtstag hat er ja schließlich auch gehabt, voilà!

Noch aber ist der geborene Faulsack nicht hier heroben angekommen, und so hat der Doktor Krisper noch ein bisschen Zeit für anderes:

In einer Art Endspurt will er sich noch seinem Jahrhundertprojekt widmen, dem epochalen Positiv-Denke-Ratgeber-Schmöker *Scheiß dich nicht an – lebe!,* an dem er seit nunmehr 35 Jahren feilt und bei dem er endlich Licht am Ende des Tunnels zu sehen glaubte, doch auf der Zielgerade hängt der Karren wieder fest! Der letzte und entscheidende Satz will ihm einfach nicht gelingen, nicht einmal hier heroben in der klaren und frischen Bergluft fällt ihm etwas ein. Dabei hat er schon so ziemlich jeden denkbaren Satz als Schlusssatz versucht, von „Mach es doch einfach wie die durch und durch positiv eingestellte Sonnenuhr, lieber Leser, und zähl' in Zukunft, auch wenn es vielleicht manchmal schwierig ist, einfach die heit'ren, sorgenlosen Stunden nur!" bis „Always look on the bright side of life!" Aber das eine klingt irgendwie zu kompliziert, und aus dem Zweiten ließe sich bestenfalls ein kleiner Sommerhit basteln, ein Schlusssatz aber, der seine Leser mit dem nötigen Schwung auf die Reise schickt, ist das alles nicht.

„Luft!", hört der Doktor Krisper dann den Biermösel nach ein paar Häppchen dünner Bergluft schnappen, „Luft, bitte Luft!" In hundert Meter Entfernung taucht er aus dem Wurzelwerk der Wälder auf und ist dem Tod wieder einmal näher als dem ersten glücklichen Tag in seinem Leben.

„Mehr Luft!", bettelt er und kommt auf allen vieren zu ihm hergekrochen wie ein Feuersalamander, nur leider nicht so schön und behände wie der.

„Bitte viel mehr Luft!", fleht der Biermösel verzweifelt, bevor er dem Doktor Krisper die letzten Reste seiner hundertfach geteerten Lunge auf die genagelten Schuhe spuckt.

„Pfui!"

Das stößt dann sogar den Inbegriff des positiven Denkens an seine Grenzen, und er überlegt, ob er seinem unheilbar schwierigsten Patienten nicht einfach den Luftröhrenschnitt setzen und dabei – hoppala! – seitlich abrutschen soll. Wenn er schon seinen Ratgeber nicht beenden kann, warum dann nicht wenigstens das Leben dieser elendsten aller elenden Kreaturen?

Der Biermösel aber legt sich einfach ungefragt in die Arme seines Vertrauensarztes, nachdem er aus einem vorübergehenden kleinen Koma erwacht ist, und während er jetzt dreimal atmen muss, damit er einmal was davon hat, betrachtet er mit seinen zu Stecknadelköpfen geschrumpften Adleräuglein hinter der General-Jaruzelski-Brille neidvoll das lindgrüne Lodenjäckchen vom Doktor Krisper mit dem aufgenähten

Edelweiß und mustert die tannengrüne Lodenknickerbocker aus der letzten, der allerletzten Kollektion vom Abweichler Tripischovski. Dabei fallen ihm die rasierten Bleistiftbeinchen vom Herrn Doktor auf, welche die hinuntergerollten Stutzen freigeben, und er denkt sich:

Na bumsti! Jetzt weiß ich endlich, warum mich der Doktor immer mehr an die Reitstallbesitzerin im Liebesfilmfernsehen erinnert als an den kernigen Stallburschen, jetzt weiß ich es endlich.

„Wieso schaust du eigentlich so deppert?", versucht der Biermösel dann ein Arzt-Patienten-Gespräch in Gang zu bringen. „Hast du mich vielleicht da heraufbestellt, damit ich mir anschaue, wie deppert du schauen kannst?"

„Aber nein", seufzt der Doktor Krisper, während er den Biermösel an sich heranzieht und ihm endlich doch noch die mobile Sauerstoffmaske anlegt, „Welt ist so traurige und ungerechte." Dann dreht er den Hahn auf wie der Russe die Ölpipeline, und wenn es ihm gerade gefällt, dreht er ihn wieder ab und schaut sich an, wie der Biermösel nach der unerwarteten Sauerstoffüberversorgung in Ohnmacht fällt. Dann dreht er wieder auf, dann wieder ab, dann wieder auf, bevor ihm doch noch einfällt, was er eigentlich sagen will:

„Habe ich folgendes Probleme, Biermösel. Denke ich die ganze Zeit scharf nach über Schlusssatz für meine Positiv-Denke-Ratgeber-Buch mit Titel *Scheiß dich nicht an, lebe!,* was ist endlich fast fertig nach 35 Jahren, aber leider nur fast fertig, weil Schlusssatz ist immer schwierigste Satz von viele schöne Sätze, was machen Gesamtheit von dicke, dicke Schmöker aus, sprich: Dicke, dicke Schmöker ohne Schlusssatz ist wie … na … wie … ist wie … na, wie … ist wie … na … wie …"

„Moment, Moment!", sagt der Biermösel und fordert abermals mehr Luft. Bevor er sich das Gestammel noch ein paar Stunden lang anhören muss, macht er dem Doktor Krisper lieber selbst ein paar Vorschläge, wie ein Schmöker ohne Schlusssatz ist, und zwar „wie ein Schweinsbraterl ohne Krusterl vielleicht? Wie das Kraut ohne Kümmel, das Bier ohne Krone und wie der Bauch ohne Speck – genügt das, du Griffelschwinger!?"

„Das genügt!", sagt der Doktor Krisper durchaus ein wenig eingeschnappt, weil dem Biermösel schneller als ihm eingefallen ist, was ein dicker Schmöker ohne Schlusssatz ist. „Bist du vielleicht auch unter Schwinger von Griffel gegangen und schreibst Ratgeber-Buche?" Und zur Strafe dreht er den Hahn wieder ab.

Nach ein paar Minuten, während der der Biermösel schon gewaltig zuckt, erkennt er aber endlich den möglichen Nutzen, der ihm aus einem sauerstoffdurchdrungenen Gehirn vom Biermösel erwachsen könnte. Er verdreifacht die Zufuhr, sodass es seinem schwierigsten Patienten auf einmal die Augen herausdrückt, solch gewaltige Mengen Sauerstoff pumpt er in ihn hinein. Aber jetzt darf er nicht sparen, denn vielleicht, so sein Plan, schlummert ja noch das eine oder andere brauchbare Schlusssätzchen im normalerweise schlecht durchbluteten Oberstübchen vom Biermösel, das er mit ein bisschen Sauerstoffüberdruck aus ihm herausblasen könnte:

„Biermääääsel!", sagt er. „Fällt dir vielleicht Schlusssatz für meine Positiv-Ratgeber-Buch ein?"

„Na, pass auf!", sagt der Biermösel im Sauerstofftaumel. „Was hältst du von dem:

„Immer lustig, immer froh
wie der Spatz im Haferstroh!
Ist es das, was du suchst?"

„Du warst schon besser!", sagt der Doktor Krisper streng und erhöht noch einmal die Dosis, sodass es dem Biermösel schon die Schuhbänder öffnet, bevor er ihm gleich auch noch einen halben Liter Hirschblut injiziert, damit der Sauerstoff sich schön gleichmäßig überallhin verteilt und auch das bis dato dauerunterversorgte Sprachzentrum erreicht – „also was ist jetzt?"

Na gut, denkt sich der Biermösel, vielleicht war ich beim Dichten wirklich schon besser. Aber am besten bin ich immer noch im „Aus-der-Hüfte-heraus-Schießen", und wenn ihn der Doktor Krisper vielleicht wirklich nur wegen dem depperten Schlusssatz für sein deppertes Buch hier heraufbestellt hat, dann gnade ihm jetzt Gott. Einen Ersten hat er ja auf dem Weg hierher schon im Kanal versenkt, und wenn erst einmal der Erste gefallen ist, dann fallen alle anderen wie von selbst. Das hat ihm der Alte verraten, der während seinem Betriebsausflug nach Russland hinüber auch den einen oder anderen gefällt hat, da haben weiß Gott ein paar andere daran glauben müssen, damit er selbst überlebt hat.

Der Biermösel versucht also die Schusshand zu seiner Glock zu führen, während der Doktor Krisper ihn mit immer mehr Sauerstoff und noch mehr Fremdblut auffüllt, „Blut von Hirschekuh!" Aber nachdem der Biermösel 60 Jahre ohne Sauerstoff im Hirn ausgekommen ist, fehlt ihm jetzt im Überfluss ein bisserl das sichere Gefühl für die schnelle und flüssige Bewegung in der Schusshand, oder andersherum ausgedrückt:

Er kann sich nicht mehr rühren!

Nur im Hirn oben spürt er auf einmal statt der furchtbaren Schmerzen dieses ungeahnte Surren und Brummen, und dann kann der Biermösel überhaupt nicht mehr anders, als dass er diesen einen, den allerletzten Schlusssatz hinaus in die Freiheit entlässt:

„Ich bin immer lustig
Ich bin immer froh
Ich versaufe mein Bettzeug
Und schlafe im Stroh!"

Und dann fragt er erschöpft:

„Meinst du vielleicht so was?"

„Das ist großartig, Biermääásel!", jubiliert der Doktor Krisper zufrieden und hängt ihn vom Sauerstoffgerät ab, bevor er schnell, schnell sein Manuskript vervollständigt und dann in sein Picknickkörbchen zurücklegt.

„Schlusssatz von Biermääääsel ist praktisch wie aufgestoßenes Tor zu Himmel, sprich: ist Garantie für Bestseller, sprich: danke, Biermösel! Bin ich endlich fertig geworden mit meine Jahrhundertprojekt!"

„Na dann", sagt der Biermösel noch, bevor er wieder ins Koma fällt.

„Und warum hast du mich da heraufgeholt?“, jammert der Biermösel dann schwach wie das alte Waschweib, zu dem die dünne Höhenluft ihn gemacht hat. „Nur wegen meinem Sprachgenie?“ Und dabei vermittelt er dem geschulten Auge des Doktor Krisper den unbedingten Wunsch, hier heroben zu sterben und vom starken, trockenen Wind mumifiziert zu werden, sodass sich vielleicht in 5.000 Jahren noch wer an ihn erinnert, wenigstens in 5.000 Jahren!

„Aber nein, Biermääääsel“, tröstet ihn der Doktor Krisper und holt eine kleine Kerze aus seinem Picknickkörbchen heraus. „Hab ich Überraschung für dich, Überraschung zu deine Geburtstage.“

Dann richtet er sich gut gelaunt auf und streckt das Kreuz durch, das nach all den Jahren vorm Schreibtisch, während denen er nach einem Schlusssatz für seinen Schmöker gesucht hat, endlich von einer gewaltigen Last befreit ist, und mit großer Geste deutet er hinunter ins Tal:

„Siehst du herrliche Landschaft da unten in enge Gebirgstal?“

„Sehe ich nicht“, sagt der Biermösel, der durch seine General-Jaruzelski-Brille und den Schleier seiner Immer-wieder-Bewusstlosigkeit hindurch einfach gerade nicht so gut sieht. Also nimmt ihn der Doktor Krisper an der Hand wie der Gutmensch den Blinden an der Ampel und setzt seine schwungvolle Handbewegung fort, diesmal hinauf zu den Bergen:

„Dann siehst du auch nicht abgestürztes Flugzeug oben auf Gebirgskamm?“

Das sieht der Biermösel auch nicht, aber er kann es sich ungefähr vorstellen, und augenblicklich fährt ihm der Schrecken in die alten Knochen hinein:

„Ein abgestürztes Flugzeug? Genau wie es der Pfarrer Hein prophezeit hat, Hilfe!“

Aber der Doktor Krisper schnürt ungerührt seine Wanderstiefel, und dann führt er sie zwei Wandersleute über den Kamm hinüber zur Absturzstelle. Keine leichte Wanderung, aber auch nicht schwierig, so lala halt.

Schwierig ist beim Wandern ja immer nur die Frage, was man miteinander reden soll, wenn man in einem ohnehin belasteten Arzt-Patient-Verhältnis gerade nichts miteinander zu reden hat.

Nachthemd oder Pyjama?, könnte eine Frage lauten, die dem Biermösel sowieso gerade auf der Zunge brennt, und befeuert vom allzu vielen Sauerstoff im Hirn spricht er sie auch aus. „Was trägst du, Krisper, wenn die langen und kalten Winter vorbei und die Nächte lau und voller Mond sind, Nachthemd oder Pyjama?"

Zwar schießt es sich vermutlich mit der Winchester aus dem Nachthemd heraus schneller als aus einem Pyjama, wenn man eine zum Packen hat, also lieber Nachthemd. Aber leider hat er nie eine zum Packen, also lieber Pyjama, „was meinst du, Krisper?"

„Bist du depperte Idiot, Biermäääsel?", droht der Doktor Krisper an seinem schwierigsten Patienten sofort wieder zu verzweifeln, weil der auf einmal nicht mehr aufhören will zu reden, und er versucht ihm Sauerstoff zu entziehen, indem er ihn in immer lichtere Höhen hinaufführt, aber Fehlanzeige:

„Seit den seligen Zeiten vom John Wayne und seinen Ganzkörperunterhosen ist ja sowieso nichts Besseres mehr nachgekommen", redet der Biermösel weiter. „Außer man nimmt die Ganzkörperbehaarung beim Affenmenschen, die vielleicht überhaupt das Beste war, was der Mensch jemals getragen hat, aber wo ist der Affenmensch, wenn man ihn braucht, Kruzifixnocheinmal, Krisper! Ich brauch dann wirklich dringend eine neue Unterhose, wenn ich die Anni heuer noch packen will, bitte hilf mir!"

„Jetzt scheiß dich nicht an!“, versucht der Doktor Krisper den Biermösel mit seinem Buchtitel zu beruhigen, und um endlich doch noch den überschüssigen Sauerstoff aus ihm abzulassen und ihn wieder zu dem schweigsamen Griesgram zu machen, der er immer war, sticht er ihm dann einfach unauffällig mit dem Präzisionsinstrument in die Lungen hinein, sodass es schön pfeift, wozu sonst hat er denn in Bulgarien „Geheimdienstmedizin“ studiert?

„Für mich?“, fragt der Biermösel dann endlich enttäuscht, als sie die Absturzstelle erreichen. „Für mich zum Geburtstag? Ein komplett verbogenes Flugzeug? Danke, Krisper! Danke, danke und immer wieder danke!“

Aber seine Freude ist natürlich nur gespielt.

Zu sehr lässt ihn der Anblick von dem Flugzeug an die prophetischen Worte vom Pfarrer Hein denken, und er wendet sich kleinlaut an den Herrn Doktor:

„Krisper, sei ehrlich mit mir! Bin wirklich ich an allem schuld? Am Gestank in der Welt und jetzt sogar schon daran, dass Flugzeuge herabfallen?“

„Aber Biermösel“, sagt der Krisper. „Bist auch du durch Dauerläuten von Glocke von Pfarrer Hein nicht mehr wilde Haudrauf, sondern Hosenscheißer geworden wie Eisenbiegerschnupperlehrling Wilfried?“

„Bin ich nicht!“, sagt der Biermösel, aber er schaut dabei dem Doktor Krisper natürlich lieber auf die genagelten Schuhe als ihm direkt in die Augen.

„Muss ich spucken auf Hosenscheißer!“, sagt der Krisper angewidert. Und nachdem er einen sehr Ordentlichen abgesondert hat, versucht er dem mahnenden und die Seele zerstörenden Geläute vom Pfarrer Hein buchstäblich den Wind aus den Glocken zu nehmen:

„Pass auf, Biermösel. Absturz von Flugzeug auf dieser Seite von Gebirgskamm hat ausschließlich folgende Bewandtnis, hast du Zeit ein bisschen länger oder bist du in Eile?“

„Wenn ich was habe, dann Zeit“, sagt der Biermösel.

„Also gut“, holt der Doktor Krisper etwas weiter aus. „Ist nicht Schuld von Menschen, was hat Flugzeug herabgeholt von Himmel, ist Schuld von Föhnwind, was war stärker als starke Hand von Charles Lindbergh an Steuerknüppel von Transportflugzeug, sprich: Föhn war stärker als PS-starke Triebwerke sechs Stück, sprich: Ist wirklich starke Föhn in diese Gegend von Welt.“

Da ist der Biermösel sogar fast ein bisserl stolz auf den einheimischen Föhn, obwohl er selbst einer der Hauptleidtragenden ist. Aber neben dem Kraftwerk in Kaprun, dem Goldenen Dachl in Innsbruck und dem Museum mit den Missgeburten in Salzburg drüben ist der Föhn vielleicht das Einzige, worauf der Einheimische ein bisserl stolz sein kann, also „Land der Berge, Land am Strome, Land der Äcker, Land der Dome und so weiter!“ Aber auch nach der zweiten Strophe Bundeshymne sind seine Zweifel noch immer nicht ganz ausgeräumt:

„Und was ist mit dem Gestank in der Welt, Kruzifixnocheinmal, bin wenigstens daran ich schuld?!“

„Will ich ehrlich mit dir sein“, sagt der Krisper. „Was Gestank von Welt anbelangt, liegt Sache ein bissi anders. Habe ich nämlich schon alles gesehen und gerochen in meine Praxis, sprich: Socken von Bürgermeister und Strumpfband von gachblonde Discowirtin, eitrige Beinstumpf von rasender Reporterin Lois Lehn nach Notoperation und viele dunkle, schwarze Kamine von einheimische Bevölkerung, was alles sieht nicht gut aus und riecht auch nicht wie Steilküstenlandschaft in Liebesfilmfernsehen. Aber leider, leider, Biermösel, du stinkst wie Furz von Teufel unten in Hölle, sprich: Deine Unterhose ist abgewandte Seite von Mond, ist sie, glaube ich, fast Achillesferse von ganze Menschheit.“

Solcherart verabreicht der Doktor Krisper dem Biermösel also die Peitsche, bevor er ihn zum Heckruder vom abgestürzten Flugzeug zerrt, hinter dem sich dann aber doch noch das ganze Zuckerbrot der Welt für ihn ausbreitet:

„Bitte, Biermösel, schau! Da liegen Unterhosen, so weit das Auge reicht!“, sagt er, bevor er die Kerze für den Biermösel aus dem Picknickkörbchen herauszieht und für ihn anzündet. „Und alles Gute zu deine Geburtstage in Nachhinein!“

„Für mich?“, fragt der Biermösel. „Eine Ganzkörperunterhose Marke John Wayne?“

Da ist die Freude endlich groß und die Rührung ist ehrlich.

Abwärts geht es dann überraschend flott dahin, aber abwärts geht es in einem Menschenleben immer flott dahin, da macht dem Biermösel keiner was vor.

Für den Nach-Hause-Ritt hat er den Doktor Krisper kurzfristig in einen Maulesel umfunktioniert, teils natürlich wegen dem gewissen John-Wayne-Gefühl in der neuen Unterhose, das er auf dem Rücken der Pferde genießen will, teils aber auch als Strafe. Ganz hat der Biermösel nämlich noch immer nicht verstanden, warum ihm der Depp die Unterhose nicht einfach mit hinunter ins Tal genommen und dort geschenkt hat, „wieso eigentlich nicht?"

„Aber dann hättest du doch die Wanderung nie gemacht!"

„Ja genau!"

Mit seinen Blasen an den Füßen und den zusammengefallenen Lungen im Brustkorb hätten sie für ihren Abstieg bis Weihnachten gebraucht, allerdings bis Weihnachten 3024. Das hat dann auch der Doktor Krisper eingesehen, also hat er sich letztlich sogar gerne als Muli versucht, „muss ich nur vorher trinken halben Liter von Blut von Hirschekuh und schlucken zwei Brause von Aspirin C, passt?"

„Passt!"

Mit einem eingesprungenen Biermösel hat er den bulgarischen Blutsäufer dann bestiegen und es sich hinten auf seinem schmalen Kreuz neben dem Picknickkörbchen halbwegs gemütlich eingerichtet, und die Sporen an den schweren Bergschuhen hat er sich dann einfach dazugedacht – „hühott!"

„Wohin?"

„Nach Westen!"

Kaum waren sie wieder ein paar elegante Galoppsprünge weit in den gesunden Mischwald eingetaucht, war die Luft auch schon wieder dick genug für die tiefen Lungenzüge, herrlich! Mit ein paar schnell gerauchten Johnny ohne Filter hat der

Biermösel den Sauerstoffüberschuss im Körper schnell wettgemacht und das Gleichgewicht im System wiederhergestellt. Den Rauch hat er dem Doktor Krisper ins Gesicht geblasen, teils aus Spaß, teils als Strafe. Aber der hat einfach die ganze Zeit „Don't worry, be happy" gesungen, in einer bulgarischen Version, obwohl er dann trotz Blutdopings immer wieder mit dem einen Knöchel umgekippt und mit dem anderen Knie eingebrochen ist, seit er seinen dicken Ratgeber-Schmöker endlich fertig im Picknickkörbchen hat, freut er sich nur noch wie die Reitstallbesitzerin im Liebesfilmfernsehen über die zupackende Hand vom Stallburschen.

Schon bei der ersten Lichtung aber war sein Akku wieder leer, und er hat den Biermösel um ein kleines Päuschen ersucht, ohne Decke, ohne vorgekochte Eier, ohne Schwein und Bier, ohne Zahnstocher und Insektenspray, kurz: ohne allem, was dem Menschen bei einem Picknick normalerweise Freude bereitet. Nur sie beide und die schöne Gebirgslandschaft um sie herum.

„Darf ich machen eine Pause?"

„Darfst du machen eine kurze!"

Jetzt sitzt der Biermösel also alleine in der Almwiese herum und wartet auf die Ladung Osterböcke, um die er den Doktor Krisper noch hinunter ins Tal zu seiner Fips geschickt hat, bevor er ihn dann vielleicht wirklich seine Pause machen lässt. Und wie er dabei die General-Jaruzelski-Brille für den bösen Blick aufsetzt und die Glock gegen den hungrigen Bären in Anschlag bringt, der da irgendwo hinter den Bäumen gerade den Griller anwirft, auf dem er ihn gerne braten möchte, da ummantelt den Biermösel auf einmal die herrliche Natur in ihrer gesamten Saftigkeit, und sogar er gottloser Geselle muss jetzt einmal die Saftigkeit der Natur anerkennen, bravo, sehr, sehr saftig! Und wenn der Herrgott dafür verantwortlich sein will, dann soll er doch in Dreiherrgottsnamen dafür verantwortlich sein, denkt sich der Biermösel, die Freude will er ihm nicht nehmen, „nur lass mich bitte, wenn ich noch einmal auf die Welt komme, als Biene auf die Welt kommen!", richtet er einen Appell in eigener Sache an den Herrgott, ihm ist nämlich aufgefallen, dass es im Frühling mehr Blumen gibt, die sich von einer Biene bestäuben lassen wollen, als Weiber, die sich von ihm packen lassen wollen, „also bitte als Biene, okay?"

Zum ersten Mal in seinem Leben genießt der Biermösel dann den einmalig schönen Rundblick auf das Jammertal unter ihm, über das er seit 35 Jahren wacht und in dem ihm seit 60 Jahren das Leben zwischen den Fingern zerrinnt. Der Föhn hat den ganzen Dreck der letzten tausend Jahre hinweggeblasen und stattdessen Sauerstoff ins Tal hineingefüllt, einmalig! In der immens klaren Luft sieht der Biermösel jetzt sogar den Ausgang vom Tal, durch den er nie hinausgefunden hat, nicht einmal nach Kaprun hinüber, das er jetzt auch sehen kann, hat er es geschafft, wo neben der Staumauer das Gendarmerieerholungsheim steht, in dem er die Anni gerne gepackt und bestäubt hätte, wenn die nicht auf das mahnende Läuten vom Pfarrer Hein hereingefallen wäre, da ist er dann doch wieder böse auf den Herrgott.

Der Biermösel kann sich gar nicht mehr genug über die mahnenden Glocken vom Pfarrer Hein ärgern, die er als lästiges Jucken sogar da heroben in den Ohren spürt, und wenn er ein Präzisionsgewehr von entsprechender Reichweite hätte, dann täte er ihm die Glocken jetzt aus seinem Kirchturm herausballern, den er bei der guten Sicht leider auch sehen kann – peng, peng, peng!

Heute aber ist die Sicht insgesamt so gut, dass der Biermösel das erste Mal in seinem Leben sogar bis nach Kärnten hinuntersehen kann, wo der Wörthersee in der Sonne herumliegt und die braune Kuhscheiße in den saftigen Wiesen, und auf einmal überkommen den harten Marlboro-Mann im Biermösel wieder die gewissen nagenden Selbstzweifel:

Er fragt sich, ob er der Anni vielleicht doch mehr hätte bieten müssen, als er sie gefragt hat, ob sie sich von ihm packen lassen will. Dass er ihr also anstatt der Eisenbetten im Schlafsaal vom Gendarmerieerholungsheim in Kaprun drüben zum Beispiel eine Reise in den Süden hinunter zu den Freunden der Sonne hätte anbieten sollen, kann denn das sein?

Auf einmal juckt es ihn selbst ganz ordentlich in den Wandersfüßen, und das nicht nur wegen dem vielen Sauerstoff in den verstopften Venen. – „Aua!" Es sind die Weite, die Freiheit, das Ungebändigte und Ungestüme, die ihn von da heroben zur Sommerfrische nach Kärnten hinunterlocken wie die Glocken vom Pfarrer Hein die Anni in seine Bruchbude.

Du meine Güte, Kärnten!, ist er auf einmal ganz begeistert von Kärnten. Wenn man das Minimundus dort unten gesehen hat, dann hat man sowieso die ganze Welt gesehen, und einmal im Leben sollte der Mensch vielleicht schon die ganze Welt gesehen haben, bevor er sich dann nach einem Leben im Dienste vom depperten Staatsganzen sowieso wieder früh genug in die Windeln im Siechenheim in Goisern drüben hineinlegen muss, einmal im Leben sollte der Mensch sich das vielleicht gönnen.

Allerdings, schränkt der Biermösel den Wunsch nach einer Sommerfrische in Kärnten samt womöglich sogar einem Badeurlaub gleich wieder ein, allerdings war er natürlich nie der leidenschaftliche Wassersportler, das Wasser ist ihm insgesamt eine Spur zu nass. Und er fragt sich, ob er überhaupt die Badehose mit den Quasteln dran noch irgendwo findet, die ihm die alte Biermösel-Mama gestrickt hat, weil sie damals natürlich ein bisserl eifersüchtig auf die Südstaaten-Weiber aus Amerika drüben gewesen ist, die ihm ruck-zuck die Schweinchen-Dick-Unterhose gestrickt haben.

„Das kann ich auch!", hat sie gesagt und ihm genauso ruckzuck eine Badehose gestrickt, mit ein paar Quasteln daran, die vielleicht auch nicht mehr ganz modern sein werden, wenn sie ihn dann als Wasserleiche aus dem Wörthersee herausziehen, weil er natürlich ein Nichtschwimmer bis dorthinaus ist, weil ihn die lieben Kameraden in der Gendarmerieschule natürlich vom gemeinschaftlichen Schwimmkurs-Erlebnis ausgeschlossen haben.

Ungeduldig wartet der Biermösel jetzt auf die Osterbock-Vorräte, um die er den Krisper ins Tal hinuntergeschickt hat, teils, weil er nicht austrocknen will, großteils aber, weil nichts das immense Hungergefühl besser beseitigt als der sättigende Osterbock.

Schon träumt er davon, dass ihn der Bär aus dem Wald heraus endlich anfallen soll und er ihn zusammenschlagen und dann gerne auch roh fressen kann, er hat jetzt wirklich schon einen Bärenhunger! Und bis der Krisper zurück sein wird, kann er sich bei der Gelegenheit auch gleich fragen, wie das bei so einer Überlandfahrt nach Kärnten hinunter wohl mit der regionalen Kost in der so genannten Erlebnis-Gastronomie ausschauen täte, und ob sie es überhaupt rechtfertigt, dass man den heimeligen Herd von der Roswitha verlässt?

Gott sei Dank haben er und die Roswitha sich den Wahnsinn mit der immer weiter um sich greifenden Erlebnis-Gastronomie erst gar nie angefangen, zur Erlebnis-Gastronomie mit der halben Gurke am Teller von ihm vielleicht nur so viel: Die halbe Gurke schälen, schneiden und dann beim Fenster hinaus!

Die Roswitha ist ja – mit einem ganzen Magen drinnen! – nicht geizig, sie ist nicht neidig, sie sagt: „Nur die fette Küche ist die gute Küche." Sie sagt: „Fünf sind geladen, zehn sind gekommen, gieß Wasser zur Suppe, heiß alle willkommen!", so ein Typ ist die Roswitha. Und auch wenn sie heute immer öfter mit dem Schlachtermesser in der Hand seine Schlafkammertür belagert, müsste er sich natürlich erst sehr genau anschauen, wie das mit der Logis im Erlebnis-Gastronomie-Paradies Kärnten ausschaut, weil er ja trotz der Bedrohung am liebsten daheim schläft, und mit der neuen Ganzkörperunterhose wird das erst recht ein Erlebnis!

Der Biermösel wird also nach reiflicher Überlegung doch nur sehr schwer auf die lieb gewonnene Heimat samt ihren Eigenheiten verzichten können, denkt er sich jetzt, wie er den Krisper endlich mit seinem ganzen Hirschblut im Körper wieder auftauchen sieht. Er kann es jetzt kaum mehr erwarten, dass sich die Roswitha endlich erholt und sie ihm die Sauen wieder absticht und dann aufkocht wie früher, „Krisper!“, fällt ihm ein, „hast du vielleicht den Magen von der Roswitha noch irgendwo?“ Und die Antwort bringt die Anni einer Überlandfahrt nach Kärnten hinunter nicht näher, weil:

„In der Garage muss er noch irgendwo hängen!“

„Was macht er dort?“

„Als Landarzt weiß man ja nie, wann beim Landarzt-Kombi der Keilriemen reißt!“

„Wieder einbauen!“

„Okay.“

Unter diesen Umständen kann es gut sein, dass er die Überlandfahrt ganz bleiben lässt und er auf Kärnten überhaupt scheißt, denkt sich der Biermösel dann, wie er den leeren Tank vom Doktor Krisper mit ein paar Litern Osterbock auffüllt und ihn dann wieder besteigt.

„Fahr nicht fort, bleib im Bierzelt!“, ist ja seine entschiedene Haltung zur Überlandfahrt einerseits und zum Bierzelt andererseits. Und da wird sicher auch eine Rolle spielen, was ihm der alte Biermösel über das Ausland samt der Erlebnis-Gastronomie in Stalingrad zum Beispiel erzählt hat, das macht ihm den Mund auf eine ausgedehnte Auslandsreise samt Städtetourismus in Richtung Kärnten hinunter und dann weiter zum Ural hinüber auch nicht wässrig.

„Bist du deppert!“, schreit der Krisper auf einmal, als sie schon fast bei der Fips unten angekommen sind, „bin ich depperte Idiot!“

Bis dahin ist er gesprungen wie ein Gämslein, der Osterbock hat ihm besser getan als das ganze Hirschblut, aber das hätte er ihm gleich sagen können.

„Habe ich Manuskript für meine Bestseller mit Schlusssatz von Biermösel in meine Picknickkörbchen bei Moped von Biermösel unten vergessen! Und obwohl ich bin gottloseste von gottlose Kommunisten, muss ich jetzt beten zu Gott: Hoffentlich ist keine große bääse Bär vorbeigekommen und hat gefressen meine Manuskript!"

„Hoffentlich ist keine große bääse Bär vorbeigekommen und hat *gelesen* deine Manuskript!", korrigiert ihn der Biermösel, bevor er den Doktor mit dem Lasso wieder einfängt, auch die letzten paar Höhenmeter wird er keinesfalls zu Fuß gehen.

„Hühott!"

„Wohin?"

„Nach Westen!"

Näher war der Biermösel dem John Wayne noch nie.

Na gut, denkt sich der Biermösel dann. Mit der neuen Unterhose am Gendarmenkörper wird das bei den Weibern ganz von alleine gehen, und er kann zwischendurch auch wieder einmal ein bisserl ans Ermitteln denken, also: Wo ist denn der Hasenscharten-Ulf, warum ist er denn verschollen, wer könnte denn was wissen, so schwer kann das ja nicht sein, „Krisper, denk einmal ein bisserl nach!"

„Nix wissen!"

Wenn der lecke Kahn der Ermittlungen aber in Schieflage geraten ist, dann müssen die Leichtmatrosen von Bord und wieder die Männer mit Bärten ran. Der Biermösel hat dem Doktor Krisper also einen Tritt in den Arsch verpasst, nachdem sie endlich sein Moped unten im Tal gefunden haben, neben dem auch die Reste von seinem Jahrhundert-Seller gelegen sind. 35 Jahre Arbeit waren im Magen von irgendeinem dahergelaufenen Bären verschwunden, mit dem Schlusssatz vom Biermösel als Beilage, darauf deuten alle Spuren hin. Die Fetzen haben sich über den ganzen Waldboden verteilt, weiter verstreut waren nur noch die Unterhosen oben jenseits der Baumgrenze. Aber die harten Augen vom Landgendarm haben dem Griffelschwinger mitgeteilt, dass er gegen den Bären nicht ermitteln wird, keinesfalls.

„Bau du lieber der Roswitha den Magen wieder ein, ich muss endlich schauen, wo der Hasenscharten-Ulf ist!"

Der Biermösel lässt sich jetzt vom Föhn nach Goisern treiben, auf und hinüber zum Alten ins Siechenheim, der ihm bei der – späten! – Gelegenheit sicher auch verraten wird können, wie er mit Vornamen heißt, „geh Papa, kannst dich gar nicht mehr erinnern?"

Der Alte hat ja genug gesehen drüben in Russland, sodass er vor der Problemstellung „Verschollener Glöckner" nicht zurückschrecken wird. Er hat mit russischen Bären gerauft und in kalten russischen Wintern gefroren, er hat Pest und Cholera durchlitten und Leichen im Ganzen und Leichen in Teilen gesehen. Es wird ihm also nichts Menschliches fremd sein, wenn ihn der Biermösel mit seinem Fall konfrontiert, die Verschollenen und Abgängigen sind seine lebenslange Begleitung.

(Wie aber wird er reagieren, wenn ihm der Biermösel auseinandersetzt, dass irgendwo da draußen einer herumrennt, der Hendln stiehlt, wo es doch – er kann es nicht oft genug sagen! – auch Schweinderln gibt auf der Welt? Wird diese Nachricht endlich schaffen, was der Russe nicht geschafft hat?)

Auf eine Antwort aus seinem Mund heraus aber wird der Biermösel vergeblich warten. Für die langen Antworten fehlt dem Alten nämlich die Zunge, seit sie ihm die auch noch herausgeschnitten haben.

Alles haben sie dem Alten schon weggesäbelt, nur seine Erinnerungen an den Russlandausflug haben sie ihm nicht wegschneiden können, die sind noch da und werden für immer bleiben. Die Erinnerungen an und die Wut auf die depperte Drecksau Hitler, die ihn für diesen Betriebsausflug gebucht hat, ohne dass er ihn vorher gefragt hätte. Und der dann die Rückfahrt so schlecht organisiert hat, dass sie dafür Jahre gebraucht haben, vergeudete Jahre in der Fremde, die er doch viel lieber daheim bei seinen Liebsten verbracht hätte, bei seinen Schweinderln im Stall.

Der Biermösel bedauert heute – obwohl nicht immer alles nur schweinderlrosa war zwischen ihnen beiden! –, dass der Alte ihn nicht mehr mit der starken Hand durchs Leben führen kann wie früher, als er ein kleiner Rotzbub war und der Alte ihn am Ohrwascherl zum „So geht das!"-Anschauungsunterricht in den Schweinestall hineingezogen hat, wo schon der Zuchteber, von dem er jetzt doch glaubt, dass er Edmundo geheißen hat, gelegen ist und neben ihm auf dem Stroh eine von seinen zahlreichen sehr aparten Zuchtsauen, die er dann gepackt und bestäubt hat, du heiliger Bimbam.

„So geht das!“, hat er Alte gebrüllt.
„Wie?“, hat der Biermösel gewinselt.
„Na so!“
„Na wie?“
Er war damals erst vier Jahre alt, und es haben ihn andere Sachen mehr interessiert als genau das – sein Schweinchen-Dick-Kostüm und die Quasteln an seiner Badehose zum Beispiel waren ihm näher, aber auch wenn ihm diese Unterrichtseinheit noch heute schwer im Magen liegt, so täte er den Alten jetzt doch gerne fragen:
„Wie muss ich es denn anstellen, damit ich den Hasenscharten-Ulf wiederfinde, wie geht denn das?
„Na so!“
„Na wie?“
Der Biermösel lenkt die Fips durch den weitläufigen Park vom katholischen Siechenheim in Goisern drüben, dann stellt er sie gegen einen Nussbaum und schaut sich ein bisserl um. Sehr schön alles, sehr sauber nach außen hin. Wie es aber im Innersten von so einem katholischen Siechenheim ausschaut, das weiß man immer erst, wenn man selbst wieder die Windeln anzieht und die Zähne dort abgibt.
„Wo ist denn der Alte?“, fragt er einen Haufen vorbeirennender Klosterschwestern, von denen er jetzt nicht genau sagen kann, ob sie auf einen Sprung aus der Hölle vorbeischauen oder nur aus einem Speisesaal, in dem es seit Wochen nichts mehr zu essen gibt, so verhungert schauen sie aus.
„Der Herr Biermösel“, sagt die Rudelführerin, „ist jetzt mit seinem Kreisky-Bild auf dem Revers von seinem nie gewaschenen Lodensakko drüben im ehemaligen Missgeburtentrakt 0–5 Jahre untergebracht, wo es ihm besser geht, als es einem Kommunisten zusteht.“
Dazu vom Biermösel vielleicht nur drei Worte:
„Ein Schmalzbrot vielleicht?“

Und schon verhindert nur sein ausgestreckter Zeigefinger im Auge der Schwester Oberin und der spitze Ellbogen in der Magengrube der Novizin, dass sie ihn abstechen und fressen, denn mit ihren abgebissenen Fingernägeln kratzen sie schon das Schmalz aus dem Leder von seiner Satteltasche und saugen daran wie das Kalb an der Mutterkuh, damit der Wasserfluss aus ihren Mundwinkeln vielleicht endlich nachlässt und ihre gierigen Augen wieder in die Augenhöhlen zurücktreten, „bitte! bitte!", jammern sie, „gib uns ein Schmalzbrot!" Aber der Biermösel gibt ihnen natürlich trotzdem keines, er will ja schließlich nicht, dass sie wegen ihm sündigen!

Wie der heiße Föhn seinen Schädel, so trifft die harte Faust vom Verwesungsgeruch den Biermösel dann mitten auf die Nase und fügt ihm eine weitere schwere Fraktur zu, als er den Siechentrakt betritt. Die Siechen und Teile von den Siechen stehen dort aufgereiht im Gang herum oder sitzen in ihren Rollwagerln. Die, die noch schauen können, schauen deppert auf die Mauer vor ihnen, weil sie die Fenster auf der anderen Seite vom Gang nicht gefunden haben und sie ihnen auch keiner gezeigt hat. Die anderen, die ohne Augen, weinen mit dem inneren Auge der verlorenen Zeit hinterher, die an ihnen vorbeirinnt, und nur weil sie keine Augen mehr haben, sieht man auch ihre Tränen nicht.

Da schau her! An der Wand hängen ja ein paar Bilder, merkt der Biermösel endlich, und die lebenden Toten, die daran vorbeihuschen, bekreuzigen sich davor. Da bleibt er stehen und setzt sich die Gleitsichtbrille auf, und ein Siecher, der noch sehen kann, aber nicht mehr gehen, rutscht auf allen vieren zu ihm her und zieht ihn am Hosenbein. Er fragt:

„Hast einen Euro für mich?"

„Da hast zwei vierzig!", sagt der Biermösel zu ihm. „Und jetzt lies mir vor, was da unter dem Bild steht!"

„Edler Spender Tripischovski, Lodenkönig", sagt der Sieche.

„Da hast du noch ein Schmalzbrot“, sagt der Biermösel, und dann schaut er sich an, wie der Sieche die Gottesgabe verschlingt – wie das Krokodil im Okavango-Delta den unvorsichtigen Fliegenfischer nämlich, na bumsti! Wenn das seine Zukunft ist, denkt er sich jetzt und kratzt sich hinterm Ohrwascherl, dann wird er sich noch sehr genau überlegen müssen, ob er nicht lieber in den Kanal hineinspringt, bevor er sich im Lebensabend da hereinlegt.

Als der Biermösel dann näher an den gemalten Ölschinken herantritt, verstärkt sich einerseits sein Hunger nach Schinken und Öl. Andererseits kriegt er aber auch endlich ein klares Bild von den Verhältnissen, die den Hasenscharten-Ulf und die Glocke vom Tripischovski in den so genannten Kausalzusammenhang bringen, und zwar ausnahmsweise in einen, den er sich nicht erst zurechtschnitzen muss:

Mit seinem Hundsviech sitzt der geheimnisumwitterte Spender auf seinem Sessel im Ölschinken drinnen, mit seinem Hundsviech, das ihm wahrscheinlich sein Leben lang lieber war als sein eigenes Fleisch und Blut, und nicht einmal die gewaltige Rotzbremse in seiner Visage kann die Hasenscharte verdecken, die sich darunter verbirgt.

„Weg mit ihm!“, wird er sich gesagt haben, nachdem er die Missgeburt das erste Mal gesehen hat, „hinüber mit dem Ulf ins Siechenheim für 0–5-Jährige, bevor ich ihn mit meiner Alten heim in die warme gemütliche Bauernstube nehmen muss. Und wenn es kein Siechenheim für diese Altersgruppe gibt, dann lasse ich halt eines bauen, der Herrgott und der Pfarrer Hein werden es mir schon lohnen!“

Freilich sucht der Biermösel jetzt auf dem Ölschinken beim Lodenkönig a. D. neben der Hasenscharte vergeblich den furchtbar hässlichen Buckel und die drei Augen – „Jawoll! Drei Augen!“ –, die den Hasenscharten-Ulf angeblich auch noch schmücken und die der Tripischovski dem Ulf vielleicht ebenfalls vererbt haben könnte. Aber auch so ist ihm jetzt komplett klar, dass der Lodenkönig der Vati vom Hasenscharten-Ulf ist, und wenn das schon keine schöne Überraschung ist (schön schaut anders aus!), dann ist es doch zumindest eine Überraschung. Das „Wer ist der Hasenscharten-Ulf?" hätte er jedenfalls gelöst, bravo, aber das war ja nicht die Frage.

„Wo ist der Hasenscharten-Ulf?", liest er stattdessen schon wieder die lästige Frage von der Lois Lehn auf dem Titelblatt vom *Ländlichen Boten,* der sogar hier im Siechenheim herumliegt, allerdings ist er da herinnen drei bis vier Wochen alt.

Im Siechenheim aber ist es wurscht, welches Datum eine Zeitung trägt, dort gibt es keine Zeit mehr, kein Gestern, kein Heute, kein Morgen. Im Siechenheim gibt es keine Vorfreude auf den kompletten Besinnungsverlust durch den Schweinsbratenexzess mehr und erst recht keine Hoffnung auf die Erlösung nach der schmerzhaften Kolik. Es gibt keine Zeit für den Rausch und keine Zeit für den Brummschädel, keine Zeit für das Kraut und keine Zeit für den Knödel. Nur ein Stückerl ebener, gerader Straße liegt noch vor den Siechen, beim einen ist sie noch zwei Zentimeter lang, beim anderen vielleicht noch drei. Dann die STOP-Tafel. Dann aus. Dann vorbei.

„Wo ist er denn, der Ulf?", täte der Biermösel den Alten nur zu gerne fragen, aber die viel wichtigere Frage lautet jetzt:

Wo ist denn der Alte?

In seinem Zimmer – in seinem Schweinskobel!, muss der Biermösel sagen, so dreckig ist es da herinnen – ist er jedenfalls nicht, nicht im Bett und auch nicht darunter.

Aber der gewisse Instinkt von der Gendarmerie, die weiß, dass man immer im Schrank nachschauen muss, wenn man etwas Wichtiges sucht, lässt ihn im Schrank nachschauen, und – hoppala!

Dort hängt zwar nicht der alte Biermösel drinnen, komplett erlöst von den Leiden der Welt, wie es der Biermösel eigentlich erwartet hätte. Aber dafür steht dort das Kalaschnikow-Präzisionsgewehr in der Ecke, das er sich als kleiner Biermösel immer so sehr gewünscht hat, mit noch genau einer Kugel im Magazin drinnen, wie er jetzt feststellen muss, du heiliger Bimbam! Was soll denn das wieder bedeuten, dass da noch genau eine Kugel im Magazin ist? Ist es ein Zeichen? Ein Wink mit dem Zaunpfahl?

Der Biermösel kann sich noch gut erinnern, dass der Alte sogar das Gewehr – trotz allem, was dagegen gesprochen hat! – die längste Zeit für seinen Zuchteber aufgehoben hat, von dem er jetzt doch glaubt, dass er Earp geheißen hat (wie der Revolverheld!), dass er im „Schießen aus der Hüfte heraus" aber trotzdem schlechter war als er selbst, wenigstens in der einen Disziplin war er besser!

Der Biermösel aber kann den Präzisionsschießprügel mit nur noch einer Kugel drinnen jetzt wirklich gut gebrauchen, fällt ihm ein, und wie er auf einmal die kleinen Fastenglocken von der Siechenheimkirche hört, die immer nur mahnend zum Gebet rufen und leider nie zum Essen, weiß er auch, für wen.

Endlich findet er den Alten draußen an der frischen Luft. Als Einziger von den ganzen Siechen sitzt er in der Frühlingssonne draußen, wo er dem Siechenheimgärtner Georgij aus Berg-Karabach beim Rasenmähen zuhört – fürs Zuschauen fehlen ihm ja leider die Augen. Der Biermösel sieht, dass der Alte mit seiner (halb abgeschnittenen) Nase schon gewaltig an die STOP-Tafel von seiner ebenen, geraden Straße stößt und dass der Große Reiseveranstalter da oben im Himmel ihn längst für die letzte große Überfahrt gebucht hat. Aber wie immer bei den organisierten Reisen ist auf den Busfahrer kein Verlass, irgendwo trödeln die Busfahrer immer herum oder weigern sich einfach, dass sie stehen bleiben und einen mitnehmen oder aussteigen lassen, und am Schluss dann, wenn es einem eigentlich nicht mehr schnell genug gehen kann, wird es wegen der depperten Busfahrer erst recht ein langes Warten, naja, denkt sich der Biermösel, so ist das halt.

Als sich der Biermösel dann eine Träne aus dem Auge wischt wegen dem ganzen Leiden, das sich vor ihm ausbreitet, da sieht er auf einmal die zerfledderte Ausgabe vom *Ländlichen Boten,* die dem Alten in der Brusttasche von seinem speckigen Jackett drinnensteckt. „1951" liest er darauf, nachdem er langsam zu ihm hingegangen ist und ihm die Zeitung herausgezogen hat, so vorsichtig und leise, dass er es hoffentlich nicht gemerkt hat. Dann schaut er auf das Foto von dem preisgekrönten Zuchteber auf dem Titelblatt, wie er sich auf einer Landwirtschaftsmesse wieder einmal alle Medaillen abgeholt hat, als Beglücker der Sauen. Und unter dem Foto, sieht der Biermösel, ist wahrscheinlich einmal sein Name gestanden, aber heute ist er weg. Trotz der Gleitsichtbrille kann der Biermösel dort nichts mehr erkennen. Zu oft wird der Alte das Bild angegriffen haben, und zu viele Tränen wird er darüber vergossen haben, als er noch die nötigen Augen fürs Weinen gehabt hat.

Der Biermösel aber kann jetzt nicht verhehlen, wie weh es ihm tut, dass er dem Alten nie eine Ausgabe vom *Ländlichen Boten* hat bringen können, die ihn am Titelbild zeigt, den Helden, der er nie war und auf den der Alte nie hat stolz sein können. Er weiß ja nicht einmal, wo der Hasenscharten-Ulf ist!

Bevor er den Alten aber wieder mit seiner eigenen elenden Existenz belasten könnte, sieht der Biermösel überraschend die blonde Russin Ivana, die der Puffkaiser Schlevsky im letzten Herbst für seinen Lebensabend importiert hat und die dann ein paar Monate lang ohne jeden Plan in der Gegend herumgerannt ist und den Weg nach Nowaja Semlja hinauf gesucht hat, und die jetzt – trotz allem, was dagegen gesprochen hat! – ein überraschendes Glück als Novizin gefunden hat, da schau her!

In ihrer flotten Nonnentracht kommt sie zum alten Biermösel her und setzt sich zu ihm ins Rollwagerl hinein (worum ihn der Biermösel jetzt wirklich beneidet!). Platz haben sie ja genug, seit sie dem Alten die Haxen auch noch weggeschnitten haben. Dann streicht sie ihm durch das gewaltige Haargesteck, das sie ihm nie weggeschnitten haben, und nimmt mit ihren zarten Mäusepfötchen die eine riesige Pratze vom Alten, die sie ihm ohne Finger noch gelassen haben, und während der Siechenheimgärtner Georgij in der lauen Frühlingsluft friedlich seine Runden dreht, hält die Ivana sanft die Hand vom Alten.

Du meine Güte, denkt sich der Biermösel und wischt sich eine Träne aus dem Gesicht. Wenigstens mit den Russen hat sich der Alte versöhnt, wenigstens mit denen.

Durch den Tränenfilm hindurch, der ihm in den Augen steht, hat der Biermösel aber auf einmal – trotz allem, was dagegen spricht! – das Gefühl, dass der Alte ihn anschaut, so wie er ihn früher immer angeschaut hat, wenn er was von ihm gewollt hat. Er hat das sehr sichere Gefühl, dass der Alte – trotzdem jetzt die sehr leckere Russin bei ihm sitzt! – die ganzen Jahre im Rollstuhl im Siechenheim nur darauf gewartet hat, dass sein Rotzbub endlich kommt und das Gewehr mit der einen Kugel im Kasten findet und endlich tut, was er selbst nicht mehr tun kann, weil ihm dazu die Finger an der Hand fehlen – und peng!

Aber der Biermösel muss den Alten leider schon wieder enttäuschen, weil er die Kugel für einen anderen reserviert hat!

Zu gerne hätte er dann noch ein bisserl Zeit mit dem Alten verbracht, er ist ja keiner, der sich ein Kalaschnikow-Präzisionsgewehr unter den Nagel reißt und dann einfach vor dem Leiden davonrennt.

Aber seine eigenen Leiden unten herum haben ihn auf das Siechenheimscheißhaus getrieben, wo er jetzt die ganzen Tränen über das ganze Elend vom Alten in Ruhe und unbeobachtet vergießen kann. Und wie er sich dabei über die Klomuschel beugt und das Ohrwascherl tief hineinhängt, da mischen sich unter die ganzen bitteren Tränen langsam ein paar Freudentränen, als er aus den Tiefen der Erde herauf nämlich auf einmal deutlich das Grunzen und Quietschen von seiner Sau Trudi hört, da soll der Mensch nicht vor Freude weinen?

Reise in den Darm der Finsternis

Wie der Biermösel dann aus Goisern kommend in die Kanaldeckelstraße einbiegt, da bringt ihn die Sorge um seine Sau Trudi – er kann es nicht anders sagen als die hysterische Schwiegermutter im Liebesfilmfernsehen – fast um den Verstand, jawoll, um den Verstand! Und wie er dann in der Kanaldeckelstraße nach einem Loch sucht, das vielleicht noch nicht komplett überfüllt ist und durch das er hinabsteigen könnte, um sie zu retten, da macht ihn die Sorge um seine Sau Trudi schon fast blind, jawoll, fast blind!

Anders als mit seiner momentanen Blindheit kann sich der Biermösel jedenfalls nicht erklären, warum er auf einmal trotz 35 Jahren erprobter Kurvenakrobatik im Dienst weit neben der Straße dahingaloppiert und dann per Flugakrobatik überhaupt tief in das eiskalt dahinhüpfende Bächlein abtaucht, das im Winter tiefgefroren und ruhig ist, im Frühling aber unberechenbar und launisch (wie die rothaarige Modegeschäftsbesitzerin im Liebesfilmfernsehen!), und in dem er sofort mit der einen Schädelhälfte gegen einen gewaltigen Stein im Bachbett kracht, bevor er mit der anderen gegen einen noch viel gewaltigeren donnert, Frage an Radio Biermösel: Warum muss es denn eigentlich immer sein Schädel sein?

Eine erhabene Stille ummantelt ihn dann trotz der tosenden Stromschnellen, die ihm das Wasser in alle Öffnungen hineintreiben, und mit dem ganzen Wasser verschluckt der Biermösel auch gleich ein paar Bachforellen, du meine Güte, 60 Jahre ist er ohne Fisch ausgekommen, und jetzt weiß er auch warum: So ein Fisch ist kein Schweinderl, und seine Schuppen sind kein Krusterl. Dazu serviert ihm der Bach anstatt der sonst üblichen Beilagen nur Treibholz und Kieselsteine. Ein paar hundert Kilo mehr wird er also schon wiegen, falls er jemals wieder auftaucht, was im Augenblick unwahrscheinlich ist, weil dort unten schon das Mühlrad vom Meisterbäcker Finz auf ihn wartet, das ihn sofort ordentlich durchwalkt wie früher die Waschweiber im Wilden Westen die Kochwäsche von den Cowboys.

Dann hat der Biermösel eigentlich genug erlebt für heute!

Aber der Bach mit seinen vielen Wellen will ihn einfach nicht hergeben, so eine Freude hat er mit ihm. Er reißt ihn immer weiter mit, weit weg von sich selbst und dieser Welt, in der er das Glück nie gefunden hat (wie das eingesperrte Wildpferd von der Gutsbesitzerin im Liebesfilmfernsehen!). Und nur die vielen Steine im Bachbett unten wollen ihn immer wieder zurückhalten, aua! Interessante Frage vielleicht, wer am Ende gewinnen wird: die Steine oder sein Schädel?

Kann jedenfalls gut sein, denkt sich der Biermösel dann, als er ein paar Minuten lang mit dem Schädel voran im Kiesbett drinnen stecken bleibt, kann wirklich gut sein, dass dieses Mal er es sein wird, der als Wasserleiche irgendwann irgendwo wieder auftaucht, oder andersherum ausgedrückt:

Elender Einsamer Biermösel
1943–2003

Aber noch sind natürlich längst nicht alle Tränen geweint! Der immer weiter anschwellende Bach reißt ihn auf einmal mit hinein in den Kanal, tief hinunter in die Ursuppe von der Menschheit, in der er sich aber überraschend schnell zu Hause fühlt, „habe die Ehre!"

„Das warst alles du!", hört er zur unfreundlichen Begrüßung gleich ein paar Zimttörtchenscheißerinnen, die auf dem Weg zur Kirche oder von der Kirche weg zum Frisör Manfred da hereingefallen sein müssen und die trotz der misslichen Lage, in der sie ohne Stabtaschenlampe von der Bundesregierung den Weg zurück ans Licht nicht finden werden, ihre vermeintliche Überlegenheit nicht ablegen wollen:

„Wie kannst du uns denn so was antun?"

Aber immer wieder muss er ihnen die bittere Wahrheit mitten ins Gesicht hineinschleudern:

„Alles euer Werk! Da liegt Gemüse!"

Und peng!, feuert er ein paar Schüsse in die Dunkelheit hinein, um die frechen Gemüter fürs Erste zu beruhigen. Aber ganz ohne Licht macht das Herumballern auch keinen Spaß, also wo ist ein Licht?

Ausgerechnet inmitten von dem ganzen Dreck fällt ihm endlich die depperte Bundesregierung ein und die Stabtaschenlampe, die sie ihm anvertraut habt, damit er die Finsternis nach einer eventuellen Gefahr ausleuchte, und danke herzlich, jetzt ist es endlich so weit, dass er das Glumpert gebrauchen kann!

Kaum biegt der Biermösel damit aber um die erste Ecke, liest er zunächst an einer Tafel an der Wand:

DIE, DIE IHR HIER EINTRETET, LASSET ALLE EINEN FAHREN!

Na bumsti, denkt er sich, was soll denn das jetzt wieder heißen?

Dann erst sieht er in diesem Inferno den Knecht Ruprecht in seiner Verkleidung als Bauer und in seiner Letztbestimmung als Wasserleiche im Dreck herumliegen, von dem aber keine Gefahr mehr ausgeht. Der Biermösel schiebt ihn ein bisserl zur Seite, damit er ungestört weiter seine Sau Trudi suchen kann, Herrgottnocheinmal, die Bauern haben so eine lästige Art, dass sie stören müssen, wo sie stören können, „und weg da!"

Ganz schön was los in dieser Ecke der Welt!, denkt sich der Biermösel dann, als er ein paar Meter weiter in den Darm von der Schlange hineinleuchtet, wen haben wir denn noch?

Da schau her, der Friedhof der eng umschlungenen Pärchen!, möchte man meinen. Da wären zunächst einmal die zwei deutschen Sextouristen Ende siebzig, die der depperte Seebachwirt im zurückliegenden Spätherbst als abgängig gemeldet hat, die aber gar nicht abgängig sind, wie sich jetzt herausstellt, sondern nur bei einem vermutlich als romantische Bootsfahrt gedachten Ausflug vom Herbstgewitter überrascht worden und im See ersoffen sind, als Strafe für ihr Sexsucht, ist sich der Biermösel sicher, „küss die Hand!"

Er steigt über die zwei armen Seelen drüben und sieht dann das einstmals stolze Bauernehepaar Ruprecht mit den knochigen und gichtigen Bauernhänden, das gar nicht weit entfernt vom Ruprecht im Dreck herumliegt, irgendwann abgestochen von seiner Mistgabel, zusammengebunden mit einem Strick und behängt mit einem Mühlstein – klassisch!

„Dort liegt der Knecht, der euch zuerst hingemeuchelt und dann beerbt hat", sagt der Biermösel zu den Bauersleuten. „Aber falls es euch irgendwie tröstet – erste Klasse Gendarmerieschule, Lektion Numero drei: Keine Bluttat bleibt ewig ungesühnt!" Und peng! Endlich geht auch dem bis dort hinaus aufgequollenen Ruprecht die Luft aus wie dem Archie damals im Schweinestall, nur dass halt jetzt keine Schweinderln um den Knecht herumstehen, die sich wegen ihm die Schweinsaugerl ausweinen.

Positiv darf der Biermösel dann nach seinen ersten paar Minuten in der Hölle vermerken: Schön ruhig ist es da herunten, keine Glocken, kein Rocker-Tschingbum, nichts! Negativ muss er anmerken: leider nur, solange es nicht gerade irgendwo blubbert und kracht und aus irgendeinem Rohr heraus immer neue Ware bei ihm herunten ankommt, Kruzifixnocheinmal, muss es denn immer er sein, auf dem der ganze Dreck der Welt landet?

Da ist es ganz gut, dass er in der Ganzkörperunterhose aus Kunstfaser herumirrt, die den meisten Dreck von ihm abwehrt, und er kann der Roswitha wirklich nicht genug danken, dass sie ihm noch rechtzeitig die Nase operiert hat. Trotzdem holt der Biermösel jetzt lieber die schwarze Gummi-Sexmaske vom Bürgermeister aus seiner Satteltasche heraus und zieht sie sich über, bei dem Gestank da herunten täte der stärkste und verwegenste Herkules durchdrehen!

„Meint der mit stärkstem und verwegenstem Herkules vielleicht mich?", hört der Biermösel auf einmal ein tiefes Donnern aus tiefster Kehle, Grund genug, dass er sich hinterm Ohrwascherl kratzt und kurz scharf nachdenkt:

Wer ist denn das schon wieder?

Augenblicklich fährt er mit der Glock in der Schusshand herum wie früher der John Wayne auf der Hauptstraße vor dem Saloon, wenn er sich nicht entscheiden hat können, welchen von den Viehdieben er als Ersten von welchem Dach herunterballern soll, peng, peng, peng! (Nur dass beim John Wayne natürlich immer die Sonne geschienen hat, wenn er den Diebstahl gesühnt hat, bei ihm herunten in der Hölle aber eine komplette Finsternis herrscht wie hinter tausend General-Jaruzelski-Brillen!)

Trotz der Taschenlampe sieht der Biermösel nämlich auf einmal überhaupt nichts mehr, außer vielleicht die zwei sehr schwachen Punkte da hinten, die wie zwei Schweinsaugerln ausschauen und jetzt immer näher kommen, aber natürlich nicht wie die zwei einmalig schönen Schweinsaugerln von seiner Sau Trudi, die wirklich einmal schöne Schweinsaugerln gehabt hat, viel schöner als die, die da jetzt auf ihn zudonnern.

„Ach so?", hört er sofort wieder die Stimme, donnernd wie eine Postkutsche, brüllend wie ein hungriger Bär und beleidigt wie der vernachlässigte Haushund im Liebesfilmfernsehen. „Ach so? Schönere Schweinsaugerln als ich? Ach so?"

Und dann steht er vor ihm. Der größte und mächtigste Eber, den der Biermösel jemals gesehen hat. Das heißt: Dunkel erinnert er sich daran, dass er den Halunken schon früher öfter gesehen hat. Aber wo?

Wie der leicht gereizte Bademeister, der über die Ursuppe wacht, baut der sich jetzt vorm Biermösel auf, wie der Bote aus einer komplett verschimmelten Zeit, mehr Vergangenheit als Zukunft, drei Sauschädel größer als er. Und hinter ihm kommen nach und nach die schönsten Sauen einhergetrottet und stellen sich brav hinter ihn, alle seine Weiber, von denen er scheinbar mehr als genug hat, der Biermösel selbst aber nicht, und dann sagt er so ein bisserl von oben herab:

„Wer bist denn du überhaupt, ha?"

Sofort beherzigt der Biermösel Lektion 134 in der ersten Klasse der Gendarmerieschule, die da lautet: Einfach den Spieß umdrehen, wenn du nicht mehr weiterweißt. Also mit fester Stimme:

„Wer bist denn überhaupt du, ha?"

„Na das ist doch der Edgar Evenhoe Starr, erkennst du ihn nicht mehr?", quietschen all die kleinen Damenschweinderln ganz aufgeregt, und der Biermösel fragt ein bisserl sehr deppert:

„Nur für mein Protokoll: Edgar Evenhoe ist der Vorname, und Starr der Nachname?"

„Jaaaa freilich!"

„Und was soll bitte der Edgar Evenhoe Starr können, was ich nicht auch kann, oder andersherum ausgedrückt: Kann der vielleicht aus der Hüfte heraus schießen?", schreit der Biermösel sie an, aber in dem Moment, wo er das Fragzeichen setzt, weiß er natürlich, dass die Frage ein Selbstfaller ist.

„Hihi!", grunzen nämlich die ganzen Schweinderln zufrieden wie die Reitstallbesitzerin am Schluss vom ganzen depperten Liebesfilmfernsehen, wenn sie sich endlich hat packen lassen, „und ob der aus der Hüfte heraus feuern kann! Schlecht ist er jedenfalls nicht!"

„Und wer seid ihr?", fragt der Biermösel die Schweinderln, aber er ahnt natürlich schon, was jetzt kommen wird, er hat ja auch schon Jäger aus der Jägerhölle bei sich in der Wirtsstube zu Gast gehabt:

„Wir waren Fleisch in deinem Fleisch", sagt die eine von den Sauen, die vielleicht das Zeug zur Frauenrechtlerin hat, und der Biermösel erinnert sich, dass ihr Name Emma war und dass er sie am 17. Februar 1980, als die Annemarie Pröll mit ihrer prächtigen Rückansicht in Lake Placid triumphiert hat, nicht einmal zur Hälfte verschlungen und die andere Hälfte wieder ausgespuckt hat, weil sie so fad und zäh geschmeckt hat (wie die Frauenrechtlerin im Liebesfilmfernsehen).

„Und jetzt?“, fragt der Biermösel.

„Jetzt sind wir wandernde Seelen, die ihren Frieden nicht finden, seit du uns ausgeschieden hast“, jammert sie, und das macht sie dem Biermösel natürlich nicht sympathischer, ihm wird nämlich ein bisserl viel gewandert in letzter Zeit, und peng! Aber die zähe Sau steht noch immer verbittert da und schaut ihn frustriert an, nachdem er mit einem gezielten Schuss aus der Hüfte heraus ihre Wanderlust hat stillen wollen, und einmal mehr bereut der Biermösel, dass er nicht Bierfahrer geworden ist.

„Und jetzt?“, fragt er noch einmal.

„Jetzt will dich der Edgar Evenhoe … äh … von hinten.“

Da muss der Biermösel zweimal schlucken, damit einmal was hinuntergeht, und dann kratzt er sich verlegen hinterm Ohrwascherl. „Ähem.“ Er glaubt nämlich nicht, dass er den Edgar Evenhoe auch von hinten haben will.

Aber Ausweg fällt ihm momentan auch keiner ein, außer vielleicht auf einmal der, dass er selbst ja auch Edgar Evenhoe heißt, heiliger Bimbam, jetzt fällt es ihm endlich wieder ein!

„Aber ich bin doch der Edgar Evenhoe!“, wendet er sich an die ganzen Schweinderln und will sie so auf seine Seite ziehen. „Ich bin es! Nicht der da!“

„Du?“, brüllt der andere E. E. vor Lachen. „Du willst sein wie ich? Come on, baby, jeder Japaner aus Sapporo brunzt sich doch an vor Lachen, wenn er uns beide anschaut und dann vergleicht, ich meine, wie viele Nachfahren habe ich gezeugt, Andrea?“

„3823“, sagt sein Sekretär, der aus Parma in Italien stammt, wo sein Schinken jetzt an irgendeinem Haken herumhängt, während auch seine Seele noch immer ruhelos herumwandert.

„Aber schon pro Jahr, oder?“, fragt der Edgar Evenhoe Starr sofort ein wenig verunsichert, und der kann ihn mit einem Blick in seine Stricherlliste beruhigen:

„Certo! Per anno!“

Du heilige Scheiße!, denkt sich der Biermösel, wie oft muss er denn noch sagen, dass er es einfach nicht leiden kann, wenn einer Andrea heißt, und peng! (Aber auch der Schwulibert steht dann noch immer da und zählt die Stricherln auf der Liste von seinem Chef.)

In den ganzen Ärger hinein sieht der Biermösel dann endlich seine Sau Trudi, die sich auf leisen Klauen nach vorne geschwindelt hat und jetzt fast ein bisserl verschämt und mit roten Wangerln direkt neben dem Edgar Evenhoe Starr steht – anstatt neben ihm, wo sie eigentlich hingehört!

„Du also auch?“, fragt der Biermösel, und er kann ihr den gewissen vorwurfsvollen Blick und die abgefeuerten Blitze aus den Augen heraus nicht ersparen, auch wenn sie ihm zuliebe gleich ein bisserl mit dem Arsch wackelt, aber das ist dem Biermösel diesmal zu wenig für eine Versöhnung. Er muss ihr schon die alles entscheidende Frage stellen, die sich bei ihm dann aber auch nicht weniger deppert anhört als bei den ganzen betrogenen Reitstallbesitzerinnen im depperten Liebesfilmfernsehen:

„Der oder ich?“

Der mit seinen Hansi-Hinterseer-blondierten und in der Mitte gescheitelten Borsten zwischen den Schweinsohren oder er mit seinem einmaligen Nest am Schädel? Der mit seiner „GTI“-Tätowierung auf dem Schinken oder er mit seinem „MEHR(!) BIER“-Peckerl auf den Wurschtfingern.

„Der oder ich?“, fragt der Biermösel die Trudi noch einmal mit Nachdruck. „Der Edgar Evenhoe Starr aus der Hölle herunten oder ich, der Edgar Evenhoe Biermösel aus Aussee drüben, Kruzifixnocheinmal, ich hab nicht ewig Zeit!“

Dann ist es still. So still, dass man oben in einem schmucken Einfamilientraum den Krapfen vom Vati in die Klomuschel hineinfallen hören kann, na bumm!

Die Trudi wackelt ein paar Schritte nach vor und steht dann auf den Millimeter genau zwischen dem Edgar Evenhoe Biermösel und dem Edgar Evenhoe Starr. Sie schaut zum einen zurück und zum anderen nach vor, wieder zurück und wieder nach vor, sodass es dem Biermösel schön langsam ein bisserl fad wird, aber so sind sie halt, die Weiber. Lieber wackeln sie mit dem Arsch, bevor sie sich entscheiden.

Als der Biermösel schon nicht mehr damit rechnet, dass sich da noch irgendwas Entscheidendes tut, hebt die Trudi aber doch noch ihr Ringelschwanzerl und lässt in Richtung vom Edgar Evenhoe Starr einen Gewaltigen fahren, und zwar einen sehr Gewaltigen, der letztlich sogar mehr sagt als tausend Worte. Und dann hebt sie stolz ihren Sauschädel und trottet zutraulich (und mit wackelndem Arsch!) zum Biermösel her, wo sie sich eng an seine Venen schmiegt und ihn mit großen Augen von unten herauf anschaut.

„Quiiiek", sagt sie zu ihm.

„Grunz", sagt der Biermösel zu ihr, was bitte soll er denn sonst zu einer Sau sagen?

Am Ende aber hat er gesiegt. Er hat den Dämon endlich niedergerungen, der ihm in allem überlegen war. Und wie er ihm aus der Hüfte heraus genau zwischen die Augen ballert – peng! –, löst sich der Edgar Evenhoe Starr, reinrassiger Schwarzwaldimport, nur Muskeln, nur Kraft, endgültig auf und verschwindet aus dem Leben vom Biermösel, und mit ihm hoffentlich die ganzen Magengeschwüre, die er sich wegen ihm angesoffen hat.

Als der Biermösel dann aber die Trudi im Siegestaumel hochheben und sich feiern lassen will, ist keiner mehr da, der mit ihm feiern will, außer die Trudi natürlich und halt schon wieder eine Leiche, da schau her! Die Arme grotesk in der gewissen

Leichenstarre nach hinten gebogen, liegt sie da vor ihm, die Hände noch immer schützend am Arsch, tellergroß, mit einer Hornhaut dran, dicker als dreißig Lederhosen übereinander.

„Aha“, denkt sich der Biermösel. „Aha.“

Da braucht einer wie er dann nicht Leichenbeschau studiert haben, damit er den Unglückseligen sofort an seinen Glöcknerhänden erkennt. (Natürlich hätte er den Ulf auch an seiner Hasenscharte erkennen können, aber man will es sich als Landgendarm ja auch nicht immer zu leicht machen!)

Nach der Ad-hoc-Identifizierung tut der Biermösel dann das einzig Richtige, was ein Ermittler im Kanal unten mit einer verschollenen Leiche tun kann: Er zieht ihr die Hose hinunter und leuchtet sie mit der Stabtaschenlampe an, dann schaut er ihr mit dem Primaren-Auge in den Kamin hinein:

„Du meine Güte!“

Endlich sieht auch der Biermösel die Gefahr, vor der das Innenministerium immer gewarnt hat, nur dass sie nicht vom internationalen Terrorismus ausgegangen ist, sondern vom einheimischen Pfarrer.

„Nur jetzt keine Details bitte“, sagt die Trudi dann, die als Sau ja einiges gewöhnt ist, also für die Dorfchronik nur so viel: Im Kamin vom Hasenscharten-Ulf hätte die Glocke vom Tripischovski Platz gehabt, und zwar die ganze! Und für die Krankenakte vom Doktor Krisper vielleicht noch so viel: Mehr hätte die Glocke dort auch nicht anrichten können als der Pfarrer Schwein!

Der Biermösel steckt dem Hasenscharten-Ulf dann noch ein Schmalzbrot für die lange letzte Reise in seine Jackentasche hinein, „da hast!“ Wer weiß denn schon, wie lange es bei dem wieder dauern wird, bis der Große Reisebusfahrer vorbeischaut und ihn zu sich holen wird. Da ist es gut, wenn man ein bisserl was zum Beißen hat.

„Gute Reise jedenfalls!“, sagt er. „Und falls dich das beruhigt: Keine Schandtat bleibt letztlich ungesühnt!“

Der Biermösel folgt dann seiner Sau Trudi, die in der Art der Weiber schon wieder davongerannt ist. Ein paar hundert Meter trabt er ihr durch das Labyrinth hintennach, links, rechts, geradeaus, bis ihm endlich klar ist, dass auch die Trudi – wie alle Weiber! – den Weg zum Frisör auswendig kennt.

Auf einmal nimmt seine Nase (trotz Zertrümmerung! Trotz Sexmaske!) nämlich die sehr starke Witterung vom Drei-Wetter-Taft und vom Sir Irisch Moos auf, und dann stehen sie direkt unter dem neuen Kanalanschluss vom Frisör Manfred, durch den herunter das Tschingtarassabum von der Blasmusik dringt und durch das herunter ein erstes Zimttörtchen fällt, von dem sich mit Sicherheit die Seebachwirtin ausbedungen hat, dass sie es hineinscheißen darf, du meine Güte!

Natürlich freut sich dann nicht jeder, wenn man unter Anwesenheit vom Bezirkshauptmann, vom Landesparteisekretär der Ackerbau- und Viehzuchtpartei und von den ganzen Goldhaubenweibern samt Blasmusik (aber unter Abwesenheit vom Bürgermeister, der sich in der Nervenklinik seine Sexsucht behandeln lässt!), endlich den lange herbeigesehnten Kanalanschluss feiert, und dann reißt einer von unten herauf die De-luxe-Klomuschel für den anspruchsvollen Gast aus der Verankerung und taucht mit seiner Sau im Arm und einer schwarzen Gummi-Sexmaske im Gesicht aus der Versenkung auf.

Da darf sich der Biermösel nicht wundern, dass den ganzen Goldhaubenträgerinnen, die sich unter der Trockenhaube die Dauerwelle für die Ostermesse betonieren lassen, der Mund weit offen stehen bleibt, aber die Frage muss erlaubt sein:

„Na wie hätte ich denn sonst aus dem Kanal herauf ins Licht kommen sollen? Mit dem Lift vielleicht?“

Als sich der Biermösel dann kurz den Haarbesen vom Frisör Manfred ausborgt und sich damit den gröberen Dreck abstaubt, hört er endlich, wovon er so oft und lange geträumt hat, nur halt freilich in einer anderen, in einer heldenhafteren Situation:

„Bitte lächeln!“, schreit die Lois Lehn und richtet ihre Kamera auf ihn. Und peng!, hat sie ihn schon abgeschossen mit ihrem Blitzlicht.

Du meine Güte, denkt sich der Biermösel, jetzt aber schnell weg von da!

Die Trudi lässt er dann aber nur kurz an seinem neuen Ruhm und an ihrer gemeinschaftlichen Heimfahrt teilhaben, nachdem er mit ihr den Frisörsalon verlassen hat (schneller als damals seine Kameraden den Reisebus!) und die Fips aus dem Bach herausgeholt, getrocknet, gewartet und gestartet hat, immer wieder ist er sehr froh, dass er in der Gendarmerieschule den Kurs „MacGyver I + II“ besucht hat.

Wenn die Trudi nämlich geglaubt hat, dass er wegen dem bevorstehenden Osterfest in der gewissen vorösterlichen Waschweiber-Stimmung ist, die alles verzeiht und noch mehr vergibt, dann hat sie sich leider getäuscht.

Im Gegenteil! Er ist ein bisserl dünnhäutig geworden in den letzten Tagen, der Föhn lässt ihn schnell beleidigt sein, und der Glockenterror macht ihn nachtragend. Die Rache ist ihm näher als die Vergebung.

Zwar hat sich die Trudi letztlich für ihn entschieden, das muss er ihr auf der Habenseite anrechnen. Aber andererseits hätte sie ja vorher nicht davonrennen müssen, den Umweg in den Kanal hinunter hätte sich der Biermösel bei aller Liebe zum Element wirklich gerne erspart!

Also lässt er die Trudi und ihre gefühlten 300 Kilo Fett in einer schönen Linkskurve einfach fallen, bei Gegenwind fährt es sich einfach leichter mit 300 Kilo Fett weniger. Im Rückspiegel sieht er dann noch, wie sie sich ein paarmal überschlägt. „Aua!“, denkt sich der Biermösel, das hat jetzt sicher sehr wehgetan. Aber redet auch einmal wer über seine Schmerzen?

Dann sieht er die Trudi noch ein paar Minuten am dicken Arsch sitzen und mit Dreckbatzen nach ihm werfen. Er hört sie jammern, wie das die Art von den Weibern ist, wenn alles zu spät ist, bevor sie dann eingeschnappt ins Unterholz hineinwandert.

Dort wird sich der Bär im Wald über sie freuen, weiß der Biermösel. Endlich kriegt er doch noch sein Schnitzerl, auf das er solange gewartet hat. Ohne General-Jaruzelski-Brille als Beilage zwar, aber dafür stimmt diesmal die Hauptspeise.

Dann biegt der Biermösel ab in Richtung Aussee, und mit kundiger Pratze prüft er schon die Kalaschnikow-Präzisionsknarre in seiner Satteltasche. Und noch bevor er den Glockenturm vom Pfarrer Hein seiner Bruchbude sieht, denkt er sich:

Zeit wird es, dass auch er seine Beute erlegt.

Meisterschuss

Der Biermösel sitzt dann an diesem sonnigen Karfreitagnachmittag auf seinem Erlebnispark in Aussee herüben und hat für heuer genug erlebt, danke herzlich.

Er hat eine Bergtour hinter sich gebracht samt abenteuerlichem Ritt auf dem Doktor Krisper, aber hat er deswegen auch mehr Freude in seinem Leben? Er weiß jetzt endlich, wie er mit Vornamen heißt, aber hat er als Edgar Evenhoe auch mehr Freude? Er hat seine Sau Trudi gerettet und dann dem Bären im Wald geschenkt – aber hat er wegen dieser zwei guten Taten auch mehr Freude im Leben? Und ja, er hat endlich eine neue Unterhose, eine wirklich einmalige obendrein, eine aus Kunstfaser, um die ihn der John Wayne drüben im Westen beneiden täte, aber Kruzifixnocheinmal, hat er deswegen auch mehr Freude in seinem depperten Leben?

Nein, nein und noch einmal nein, lautet seine entschiedene Antwort darauf, mehr Freude hat er in seinem Leben deswegen leider nicht! Solange dem Biermösel nämlich der Föhn wie der halbe Himmel auf den Schädel drauffällt und der Glockendonner vom Pfarrer Hein ihm wie zwei Geschützpanzer gegen die Ohren fährt, wird das auch nichts werden mit der Freude im Leben, das ist er vom Typ her einfach überhaupt nicht.

Zeit wird es also, dass er der Freude in seinem Leben wieder Tür und Tor öffnet. Und bis heute hat die Menschheit für die Wiederherstellung der Freude im Leben kein geeigneteres Mittel gefunden als den immens schwierigen Meisterschuss aus der Kalaschnikow-Präzisionsbüchse heraus, Zeit wird es wirklich.

Nachdem der Biermösel vor zwei Stunden seine Sau Trudi im Wald ausgesetzt hat, sind ihm in der Kanaldeckelstraße gleich die ersten Wahnsinnigen und Elenden entgegengekommen, die der Föhn zuvor in den Wahnsinn und das Glockenläuten vom Pfarrer Hein ins Elend getrieben haben. Einer nach dem anderen hat sich ein freies Loch im Kanal gesucht und ist hineingesprungen, und wo kein Platz mehr frei war, da sind sie wieder herausgehüpft und haben sich mit den Kanaldeckeln gegenseitig die Schädeln eingedroschen, Hauptsache tot, werden sie sich gedacht haben.

Nur mit dem gewissen robusten Ellbogeneinsatz hat sich der Biermösel also den Weg durch die Massen der Elenden und Wahnsinnigen pflügen können, bis er ganz am Ende von der Kanaldeckelstraße mit dem Vorderrad von seiner Fips zwischen zwei gewaltigen Arschbacken stecken geblieben ist wie das Fahrrad im Ständer, und dann hat er auch schon die gewisse vertraute Stimme gehört:

„Oh Finsterrrnis, ummantelst du mich als Tod?"

Na servas, hat sich der Biermösel sofort gedacht, das kann ja nur der schon wieder komplett besoffene Staatsschauspieler mit seinem rollenden „Rrrr" sein, der zwar brav dem lockenden Gebimmel vom Pfarrer Hein gefolgt ist, der es dann aber nicht mehr ganz bis zur Kirche geschafft hat, weil er kopfüber in ein freies Loch ohne Deckel hineingefallen und darin mit dem Fettarsch auf halber Strecke hängen geblieben ist, „Herrrgott, hilft mirr denn wirrklich keiner?", hat er gebrüllt.

Aber der Biermösel war natürlich dieses Mal nicht mehr so deppert, dass er sich mit dem Sprachkünstler auf ein Gespräch eingelassen hat. Viel lieber hat er ihm selbstlos geholfen und von einem entsprechend ausgestatteten Kanalloch den Deckel geholt und auf seinen fetten Arsch draufgelegt, damit er nicht ewig da im Loch stecken bleiben muss – und hoppala! Schon ist er hinuntergefallen, und der Anton-Maria hat sich auf eine sehr schöne Waisenrente freuen dürfen, bravo! Eine weitere sehr gute Tat in seinem Leben, auf die der Biermösel jetzt ruhig auch einmal ein bisserl stolz sein darf.

Je näher er dann der Bruchbude vom Pfarrer Schwein gekommen ist, desto mehr aufgescheuchte Industriehenderln sind ihm entgegengekommen, außer sich vor Angst, hinten ganz rot, besorgniserregende Boten des Kommenden.

Na bumsti, hat sich der Biermösel gedacht, jetzt aber Alarmstufe und sofort die Kirchentüre eingetreten, „und wenn es gleich ordentlich staubt, weil ich den Pfarrer Schwein ein bisserl gröber anfassen muss", hat er zum Herrn Jesus Christus oben am Kreuz gesagt, „dann machst halt einfach die Augen zu, okay?"

„Okay."

Der Chef war also ganz auf seiner Seite, als der Biermösel auf den unnötigen Teil vom Freitagskrimi („Wieso? Warum? Weshalb?") einfach verzichtet und den Pfarrer Schwein lieber gleich mit der Faust „Friedhof" durch das Gitter von seinem Beichtstuhl herausgewurstet hat, ein Ad-hoc-Blick auf sein Hosentürl, an dem noch die Hendlfedern gepickt sind, hat ihm sowieso alles gesagt – „pfui, pfui und noch einmal pfui!"

Die Beweiskette war fertig geknüpft.

„Hättest du mit meiner Sau Trudi gemacht, was du mit dem armen Hasenscharten-Ulf und den kleinen Industriehenderln gemacht hast (und mit weiß der Teufel wem noch!), dann täte ich dich jetzt nicht mit einem Satz heißer Ohren davonkommen lassen!" – Prack, prack! – „Dann täte ich dir den Schädel ausreißen und hinten beim Kamin wieder hineinstecken!", hat der Biermösel den Pfarrer Schwein dann ins Gebet genommen, bevor er ihn am Ohrwascherl zum Opferstock gezogen und um Folgendes gebeten hat:

„Einen kleinen Obolus aus deiner Dachschindel-Sammellade bitte, plus einen weiteren kleinen Beitrag aus der Kaffeekassa, aber jeweils einen sehr schönen kleinen Beitrag, danke! Und das Geld, das du der Anni weggenommen hast, damit du ihre Zwillinge zu Glöcknerinnen ausbildest, nachdem du ihr eingeredet hast, dass sie schlechte Menschen sind, das bitte auch noch, allerdings gut verzinst, da fällt mir ein: Wo sind denn die Zwillinge überhaupt?"

„Die hab ich heimgeschickt!"

„Und wieso?"

„Weil sie Sünderinnen sind und sich die Nägel rot färben!“

„Rot wie die Ärsche von den Hendln vielleicht, so rot? Und blutrot wie die Rückansicht vom Hasenscharten-Ulf vielleicht, meinst du so rot?“

Und genau wie es der Plan für solche Fälle vorsieht, ist der Pfarrer Schwein unter der ganzen Last von seiner Schuld kurzzeitig komplett zusammengebrochen, bevor ihn der Biermösel an den Ohrwascherln noch einmal hochgezogen und ihn sich für die kleine persönliche Retourkutsche aufgestellt hat – und prack, prack!

Als gerechte Strafe für das elende Glockenläuten hat er ihm mit beiden Fäusten gleichzeitig die Gehörgänge auf alle ewigen Zeiten verstopft, sodass er in der Hölle unten nichts mehr hören wird, wenn sie dort zur schwarzen Messe läuten und er als Einziger alleine zurückbleiben muss, während die anderen kameradschaftlich Blockflöte spielen und nach der Messe einen Betriebsausflug unternehmen, den ganzen Zinnober halt, der so typisch für die Hölle ist.

Weil der Pfarrer Schwein seine Fragen dann sowieso nicht mehr verstanden hätte, hat der Biermösel auch gerne auf ein Protokoll verzichtet und erst recht auf die ganze andere depperte Arbeit, die ein Gendarmenleben seit dem Ende der Kreuzzüge so freudlos macht – Verhaftung, Unschuldsvermutung, Überstellung ans Landesgericht – für was denn?

Er hat einfach nach außen hin den Nachsichtigen gespielt und den Pfarrer in der falschen Hoffnung gelassen, dass er ihn trotz seiner immensen Verfehlungen noch einmal davonkommen lassen wird, allerdings nur, „wenn du heute Nachmittag, pünktlich zur Todesstunde vom Herrn Jesus Christus, verlässlich die Glocke vom Tripischovski läutest, ding dong, immer schön laut!“

„Dann lässt du mich wirklich leben, großes Indianer-Ehrenwort?“, hat sich der Pfarrer gefreut wie der Sehschwache über die neue Brille, und der Biermösel hat selbst im Angesicht vom Herrn Jesus Christus die kleine Lüge nicht gescheut:

„Ich schwörrrre!“

Kaum war er aber mit seinen Säcken voller Geld bei der (zertrümmerten) Kirchentüre draußen, hat er es sich wieder anders überlegt. Er ist ja kein Indianer, der sich an sein Ehrenwort halten muss. Er ist ja nur ein einfacher Landgendarm, der endlich wieder seine Ruhe haben will.

Der Biermösel hat die Todesstunde vom Pfarrer Hein dann auf heute Nachmittag, exakt drei Uhr festgelegt, da hat ihn der Herr Jesus Christus auf eine sehr schöne Idee gebracht. Und in der gewissen Vorfreude darauf sitzt er jetzt auf seinem Erlebnispark herum und zählt die Minuten, bis es endlich so weit sein wird.

Während er noch schnell seine Präzisionsbüchse mit Schweineschmalz einschmiert, hört er schon die ersten kleinen Glocken anschlagen, ein letztes Mal läutet der da drüben seine Rasselbande zur Karfreitagsmesse zusammen, ein allerletztes Mal.

Da schau her!, denkt sich der Biermösel dann auf einmal, als er die Kalaschnikow wieder sorgfältig zusammenbaut und dabei einen kurzen Blick beim Fenster hinaus riskiert. Da ist ja der edle Spender Tripischovski selbst, der jetzt in Richtung Kirche huscht, gebückter, gebeugter und gebrochener noch als die Zwillinge von der Anni, verlorener Sohn bis dorthinaus, reumütiger Heimkehrer, der sich im Ausland versucht hat und genau das jetzt bitter bereut.

Was will er?

Vielleicht will er – zu spät! – vom Pfarrer doch noch wissen, wo seine eigene Missgeburt ist, nachdem er sie ihm vor Jahren anvertraut hat und es seit Wochen Gerüchte gibt. „Wo ist denn in Dreiherrgottsnamen der Ulf?“, wird er ihn vielleicht fragen wollen.

Wahrscheinlicher aber ist, dass der Pfarrer Schwein den Spieß sofort wieder umdreht und ihm anbieten wird, dass er die Kirchengeher wieder mit Loden ausrüsten darf, wenn er nur nicht mehr zu viel über den Ulf redet und ihm ein weiteres Riesentrumm von einer Glocke in den Turm hinaufhängt, vollkommener Ablass inklusive. Und wahrscheinlich wird er ihn mit der Aussicht locken, dass er mit ihm wieder lateinisch reden kann anstatt mit den Amerikanern amerikanisch, und dass er überhaupt wieder in den Schoß von der so genannten Mutter Kirche plus in die herrlich saftige heimische Gebirgswelt insgesamt zurückkehren darf, wo die Almröseln wachsen und der Enzian blüht, wenn er nur endlich zum Fragen aufhört, wo der Ulf hingekommen ist!

Aber sehr wahrscheinlich wird es für all das zu spät sein. Der Biermösel hat sich nämlich längst entschieden, dass er die stinkende Giftwolke, die den Pfarrer Schwein umweht, mit der Kalaschnikow endgültig aus dem Tal hinausblasen wird, damit die Leute endlich wieder frei atmen können und er selbst wieder seine heilige Ruhe hat.

Der Pfarrer Schwein rückt also immer weiter auf die STOP-Tafel in seinem Leben vor, während der Biermösel den Präzisionsschießprügel langsam in Anschlag bringt. Dann kann er sich ungefähr ausrechnen, dass der Tripischovski exakt 23 Sekunden 14, nachdem er in die Kirche eingetreten ist, beim Pfarrer Schwein unter seiner Glocke stehen wird, das ist ein gewisser Erfahrungswert, der sich schlicht und einfach aus der gewissen Erfahrung ergibt.

„Und warum ballerst du jetzt nicht einfach durch das bunte Kirchenfenster hindurch dem Pfarrer Schwein die einzige verbliebene Kugel zwischen die Augen?“, fragt er sich selbst, weil die Lois Lehn in den großen Momenten der Menschheitsgeschichte natürlich wieder nicht anwesend ist, damit sie ihn selbst fragen und über seine Heldentaten berichten kann.

Antwort: „Der Meisterschuss aus meiner Büchse heraus täte die Spur sofort und ausschließlich auf mich selbst lenken, weil den Meisterschuss aus dieser Entfernung sonst keiner beherrscht, deswegen.“

Und dann täten sie wieder alle nur jammern und sich auf die falsche Seite schlagen, wie sich die Leute immer auf die falsche Seite schlagen, und sie täten sich womöglich fragen:

„Wie kann er denn einen Heiligen einfach wegballern wie die Vogerln und Katzerln und Entlein und Hundsis, wie kann er denn so was tun?“

„Du meine Güte, in der frühlingshaften Laune natürlich!“

Also wird der Biermösel jetzt die Gefahr, die vom Pfarrer Schwein ausgeht beziehungsweise ausgegangen ist, ein bisserl eleganter aus der Welt räumen und es lieber wie einen tragischen Unfall ausschauen lassen, das ist sein Plan.

Als die Tripischovski-Glocke dann das erste Mal ordentlich scheppert und ihr fürchterlicher Klang das ganze Tal erfüllt, da setzt sich der Biermösel ruhig auf seinen Schemel hinter dem dicken Vorhang, wo er dem so genannten Auge der Öffentlichkeit verborgen bleibt. Dann zieht er die Kiste mit dem Osterbock näher zu sich heran und zischt gemütlich ein Flascherl, damit er die ruhige Hand für den Meisterschuss hat und während dem Meisterschuss nicht ganz austrocknet. Und noch bevor die Glocke zum dritten Mal donnern kann, wird der Biermösel die Gefahr, die vom Pfarrer Schwein ausgegangen ist, beseitigt haben, er hat ja genug geübt in letzter Zeit – und peng!

Genau in dem Moment, als die Strahlen der Sonne sich in der sündteuren Glocke brechen, exakt zur Todesstunde vom Herrn Jesus Christus, feuert der Biermösel seinen Meisterschuss ab. Dann ist es handgestoppte drei Sekunden zwölf komplett still, wie es die Tradition am Karfreitag vorschreibt, bevor es doch noch ordentlich kracht und das Beben der Erde die Tradition ein bisserl bricht. Und nur der Biermösel mit seinen patentierten Hochsensor-Ohrwascherln kann den kurz ausgestoßenen, dann allerdings jäh verstummenden Todesschrei aus den zwei Kehlen hören, die er dem Pfarrer Schwein einerseits und dem Lodenkönig (jetzt komplett a. D.) Tripischovski andererseits zuordnet, „gehet hin in Frieden!"

Was ist passiert? Der Biermösel kann es genau sagen: Das Glockenseil ist leider, leider gerissen, als er es mit der einzigen verbliebenen Kugel aus der Präzisionsbüchse durchschossen hat, und gemäß den Gesetzen der Schwerkraft ist die Glocke hinuntergefallen, so ein Pech! Und natürlich haben der Pfarrer Schwein und der Tripischovski unten beim Seil gar nicht so schnell hinaufschauen können, dass sie von der Glocke nicht entlang dem Scheitel bis hinunter zur Arschfalte in der Mitte gespalten worden wären wie die Sauen vom Messer der Roswitha. Der Doktor Krisper wird ihm genau diese Todesursache bestätigen, sobald er die Leichen erst obduziert haben wird, und dann wird der Biermösel zwar der Höflichkeit halber den Überraschten spielen, aber wirklich überrascht wird er natürlich nicht sein.

Zur Feier des Tages säuft der Biermösel dann die restlichen Osterböcke auch noch aus und freut sich in seiner wiederhergestellten heiligen Ruhe auf den Tag und die Stunde, in der die Seebachwirtin mit ihrer Reserve-Goldhaube am Schädel bei ihm hereingeschneit kommen wird. Aufgeregt und hysterisch wird sie sein, wie es die Art von den Katholiken ist, die zwar an die Vorsehung glauben, aber dann doch immer wieder am meisten überrascht sind, wenn sie auch eintritt.

„Was ist passiert?", wird der Biermösel sie scheinheilig fragen.

„Der Pfarrer Hein liegt unter der Tripischovski-Glocke!", wird sie ihn anschreien, „und der Tripischovski liegt bei ihm!"

„Beide gespalten vom Scheitel bis zur Arschfalte?", wird der Biermösel sie fragen.

„Und mit ausgebreiteten Armen!", wird die Seebachwirtin dann den Anfang von einer Legende stricken, und der Biermösel wird den Faden gerne aufnehmen:

„Wie der Herr Jesus Christus?"

„Na genau!"

Da kann sich der Biermösel schon jetzt das Lachen nicht verkneifen. Anders als der Herr Jesus Christus wird sich der Pfarrer Schwein mit seinem Sack voller Sünden am Buckel nämlich ein bisserl schwertun, dass er am Ostersonntag unter der Glocke wieder hervorkriecht und mit Pauken und Trompeten aufersteht. Also vom Biermösel zu dem für das kleine verbliebene Kirchenvolk vielleicht ein bisserl unerwarteten Ableben vom Pfarrer Schwein so knapp vor Ostern vielleicht nur zwei Worte:

„Pech gehabt!"

Suppenedgar

Wer jetzt kleinlich ist, der kann vielleicht sagen:

„Das war aber schon wieder ein astreiner Mord, Biermösel! Wie hast du denn so was tun können?"

Aber die Leute sind immer kleinlich, und sie reden immer irgendwas daher. Und außerdem: Wie oft soll er denn noch sagen, dass halt manchmal ein anderer sterben muss, damit man selbst wieder seine Ruhe hat? Wer also Ohrwascherln hat zum Hören, der höre – dass die Glocken nicht mehr läuten, und dass der Wind nicht mehr pfeift, herrlich!

Einzig das Peng aus seiner Kalaschnikow klingt noch süß in seinen Ohren. Bedenkt man nämlich, dass er mit seinem Meisterschuss – nach allem, was dafür spricht! – auch gleich den Hendldieb mit erledigt hat, dann kann er auch dieses lästige Kapitel endlich abschließen und sich wieder den wichtigen Dingen in seinem Leben zuwenden. Mit den Taschen voller Geld und der neuen Unterhose am Leib ist es heute nämlich keine Frage mehr, ob er die Anni vielleicht doch noch packen wird, sondern nur noch: wann?

Da wird die Sache fast schon kitschig!

Der Biermösel ist jedenfalls besser drauf als das Pferd im Liebesfilmfernsehen nach der frischen Fuhre Heu, als er sich beschwingt vor ihrem Haus einbremst, holladiödilliö, unterstützt von ein paar schnell gezischten Osterböcken natürlich, weil er ja nicht komplett entwässern will, wenn er sich bei der Anni wieder zurück ins Spiel bringt.

Als er vom Moped hinunterfällt und die Fips dann gegen die Hauswand lehnt, ist er zunächst noch beruhigt, dass die Anni ihre Bleibe seit seinem letzten Besuch nicht zu einer Kapelle samt Glockentürmchen zum Üben umgebaut hat, wie er schon befürchtet hat. Aber auf dem Weg hierher muss ihm irgendwo entfallen sein, dass sie neuerdings eine Polsterfabrik betreibt, was sonst sollten die ganzen Federn bedeuten, die da überall herumfliegen und herumliegen, du heiliger Bimbam, sind das vielleicht sogar Hendlfedern?

Na freilich sind das Hendlfedern!

Das raubt dem Biermösel jetzt natürlich ein bisserl was von seiner Ruhe, bedenkt man nämlich, dass er sich in den Zwillingen schon zweimal ganz ordentlich getäuscht hat! Also warum nicht einfach der Anni das Geld ins Postkasterl schmeißen und den bisher rundum gelungenen Tag mit ein paar heruntergeballerten Flugenten samt ein paar schnell gezischten Osterböcken ausklingen lassen, warum nicht einmal das Richtige tun im Leben?

Aber der Mensch muss gar nicht so besoffen sein wie der Biermösel jetzt, damit er lieber dreimal das Falsche tut anstatt einmal das Richtige. Also darf er sich nicht wundern, dass er sich auf einmal im Vorzimmerspiegel von der Anni sehen kann – „Habe die Ehre!" –, wo er sich aber nicht mehr erkennt, weil er seit neuestem ausschaut wie der geteerte und gefederte Schmetterlingssammler im Wildwestfilm, nur dass es bei ihm der Schweiß ist, der alles zusammenhält, und nicht der Teer.

„Pffft!", spuckt der Biermösel die paar Federn aus, die er nicht verschluckt hat. 60 Jahre ist er ohne Hendl ausgekommen, und jetzt schaut er aus wie eines!

Ist das der Doktor Krisper?, fragt er sich dann, nachdem er seinen Autopiloten auf „Augen zu und durch!" gestellt hat und nur noch hofft, dass das alles ein böser Traum ist. Aber selbst im bösesten Traum kann keiner so falsch „Don't worry, be happy!" singen, wie das jetzt der Doktor Krisper aus dem Wohnzimmer von der Anni heraus tut, das hört sich ja schlimmer an als eine Kreissäge, wenn sie sägt, denkt sich der Biermösel. Die Angriffe auf seine Ohrwascherln hören einfach nicht mehr auf.

Als der Biermösel dann endlich mit der Wohnzimmertür ins Wohnzimmer hineinfällt, sieht er den Doktor Krisper, der trotz manch erlittener Rückschläge in letzter Zeit schon wieder fröhlich sein Liedchen pfeift und dabei den Zwillingen die zerschundenen Hände zunächst mit der Hirschblutsalbe einschmiert und dann mit den dicken Faschen verbindet. Die Glockenseile haben ihre Handflächen komplett ruiniert, für eine Hornhaut wie beim Hasenscharten-Ulf hat es bei ihnen natürlich nicht gereicht, für das ganze verlorene Blut aber schon. Wenn der Biermösel noch eine so genannte Rechtfertigung für seinen Meisterschuss gebraucht hätte, dann hat er sie jetzt.

„Hat mich ereilt Noterufe von Frau Anni", sagt der Doktor Krisper dann fast schon entschuldigend zum Biermösel, weil er diesmal im Alleingang zur Anni gekommen ist, obwohl es sich die letzten beide Male bewährt hat, dass sie ihr die schlechten Nachrichten gemeinsam überbringen. Und auch jetzt wird es wohl wieder die Talente von ihnen beiden brauchen, um sie zu beruhigen.

Der Biermösel sieht die Anni nämlich in ihrem Büßergewand im Herrgottswinkel knien, wo sie sich vor einem Bildnis vom Pfarrer Schwein ein ums andere Mal in die ganzen Hendlfedern am Boden hineinwirft wie das Schnitzel in die Panier, „alles meine Schuld!", weint sie und hört nicht mehr auf zu weinen, „alles meine große Schuld!"

Die Anni kann und will einfach nicht verstehen, dass der Pfarrer Schwein ihre zwei Mäderln nach Hause geschickt und sie für den Beruf der Glöcknerin als ungeeignet eingestuft hat, trotz der ganzen Barschaft, die sie ihm dafür überlassen hat.

„Was soll denn jetzt aus meinen Zwillingen werden?", hört die Anni nicht mehr auf zum Wehklagen.

„Pass auf, Anni", unternimmt der Doktor Krisper einen ersten selbstbewussten Anlauf in Sachen Trost und Rat, „Anni, pass auf. Habe ich Perspektive für deine Zwillinge, nämlich die: Wenn ist ihnen fad, dann ist Gewichteheben gut für Geist und Körper und für schöne Land Österreich, mit viel Hirscheblut kann ich machen zweimal Olympiasiegerin aus deine Zwillinge, müssen sie nur schlagen dreimal chinesische Kraftpakete mit viel Damenbart und tiefe Stimme, okay?"

„Wir gehen die Suppe umrühren!“, sagen die Zwillinge und verdrücken sich lieber in die Küche, bevor ihnen der Quacksalber sein Hirschblut verabreicht, lieber ist ihnen ein Coca-Cola mit Rum.

Und auch Anni ist mit der Perspektive für ihre Zwillinge natürlich gar nicht zufrieden, verzweifelt wirft sie sich wieder in die Federn hinein und schreit:

„Da sind sie mir ja mit den roten Fingernägeln und in den hohen Schuhen noch lieber!“

Zeit also, dass der Biermösel übernimmt.

Er schiebt den Doktor Krisper zur Seite wie der Dicke den Doofen im anspruchsvollen Nachmittagsfernsehen und sagt: „Geh du in die Küche und hilf den Zwillingen beim Suppe-Umrühren, husch, husch!“

Er selbst kniet sich einfühlsam neben die Anni, bläst ihr ein paar Federn aus den Haaren und hofft, dass er jetzt nicht zu viel verrät, wenn er ihr seine Vorstellung von einer Perspektive für die Zwillinge eröffnet:

„Pass auf, Anni, es ist ja bitte Folgendes passiert: Der Anton-Maria, der immer furchtbar gestottert hat, weil ihm der Papa mit seinem rollenden ‚Rrrrr‘ so überlegen war, der stottert jetzt nicht mehr. Also könnten sich die Zwillinge vielleicht mit ihm anfreunden, der hat ja bald weiß Gott genug Geld, dass es für drei reicht, und du brauchst dir keinen anderen Mann mehr suchen.“

„Und wieso stottert er nicht mehr?“, eröffnet die Anni den Reigen der so beliebten „Wieso?“-Fragen.

„Na weil er jetzt Halbwaise ist!“

„Und wieso ist er jetzt Halbwaise?“

„Na weil der Staatsschauspieler so tragisch zu Tode gekommen ist.“

„Und wieso hat mich nicht rechtzeitig ereilt Noterufe, damit ich kann helfen mit Defibrillator oder bissi Hirschblut?“, kommt der Doktor Krisper wieder aus der Küche zurück, gerade rechtzeitig, bevor die Anni dem Biermösel dankbar für seine Perspektive um den Hals hätte fallen können, halleluja! Schön langsam kriegt der Biermösel eine ungefähre Vorstellung davon, wie es dem Herrn Jesus Christus ergangen sein muss, als er dem Trottelvolk die allgemeine Erlösung verkündet hat und ihn dann wieder alle nur deppert „Und wieso gibt's kein Schnitzerl dazu?" gefragt haben, er und der Jesus sind sich wirklich in vielem sehr ähnlich, vor allem im Leiden an der Welt.

„Wer ist noch gestorben!?", gibt der Krisper dann keine Ruhe, und der Biermösel bedauert langsam, dass der Bär im Wald nur sein Manuskript gefressen hat, nicht aber den Krisper selbst.

„Wer noch!"

Bevor ihn der jetzt stundenlang quält, nimmt ihn der Biermösel kurz zur Seite und gibt ihm einen kurzen Überblick über die Leichen, die seit neuestem seinen Weg pflastern. Vielleicht lässt er ihn ja endlich mit der Anni alleine, wenn er ihn die Obduktionen machen lässt und so ein bisserl Kleingeld in seine leere Geldtasche spült, auch für einen bulgarischen Landarzt in Aussee ist das Leben nicht einfach, wenn man bedenkt, dass ihm zum Beispiel jederzeit der Keilriemen vom Landarzt-Kombi reißen kann, da fällt dem Biermösel ein:

„Hast du der Roswitha den Magen wieder eingebaut?"

„Schnipp, schnapp, fertig. Hält wieder 50 Jahre!"

„Also schreib auf!", sagt der Biermösel, den diese Nachricht natürlich sehr fröhlich stimmt. „Der Tripischovski ist auch gestorben, sehr tragisch."

„Wer noch?"

„Die Bauersleute Ruprecht."

„Hurra!", freut sich der Doktor Krisper schon auf die ganzen Obduktionen. „Ist große Schwund von kleine Gemeinde! Wer noch?"

„Das war's", lügt der Biermösel, dem aber der Schwund von der kleinen Gemeinde nicht groß genug sein kann. „Und jetzt geh bitte endlich in die Küche und hilf den Zwillingen mit der Suppe, ich hab schon so einen Hunger!"

Meine Güte, der Biermösel hat jetzt schon so einen Hunger, dass er zur Not auch eine Rindssuppe essen täte, wenn es schon keine Schweinshaxensuppe ist, und bei sehr großer Not täte er zur Not sogar eine Gemüsesuppe essen, wenn das Gemüse nur nahe genug an einem Schweinestall gewachsen ist, Kruzifix! Er hofft einfach – trotz allem, was dagegen spricht! –, dass nicht sein wird, was nicht sein darf, als er dem Doktor Krisper noch hinterherschreit:

„Und schau vielleicht überhaupt einmal nach, was das für eine Suppe ist!"

Dann dauert es keine zwei Sekunden, und der Doktor Krisper serviert ihm die so genannte Hiobsbotschaft:

„Ist Suppe von Hendl!", schreit er begeistert. „Ist sehr, sehr lecker!"

Der Biermösel könnte jetzt natürlich noch immer zusammenpacken und drüben beim See einfach ein paar Flugenten herunterschießen, der Tag wäre auch dann noch sehr gelungen, bedenkt man, was er heute schon alles erledigt hat. Aber es liegt halt leider auch in der menschlichen Natur, dass sie immer alles ganz genau wissen muss, anstatt dass sie Gras über die Sache wachsen lässt. Also steckt er seine Nase in die Küche hinein, und dort fällt er fast wieder ins Koma:

„Na bumsti!", kommt ihm gleich einer aus. „Das sind aber viele Hendl!"

Die Jennifer mit ihren roten Fingernägeln will dann auch gar nicht abstreiten, dass sie und ihre Schwester Manuela die Hendldiebinnen sind, allerdings nur im Auftrag des Herrn:

„Der Pfarrer Hein hat ja auch sehr viele Hendln gebraucht!", sagt sie. „Der war ja unersättlich!"

„Und wieso?", stellt der Biermösel jetzt selbst die „Wieso?"-Frage.

„‚Ihr seid Weiberleut‘!, hat er gesagt. Euch mit euren roten Fingernägeln rühr ich nicht an, ich will Hendln!“

„So hat er gepredigt?“, fragt der Biermösel.

„So hat er gepredigt!“, sagt die Jennifer. „Ich schwöre!“

„Bitte nicht schwören! Und weiter?“

„Na, die Industriehendln vom Bauern Ruprecht waren ja nicht schwer zu stehlen, wenn er uns um welche geschickt hat.“

„Weil sie bieg- und fügsam und ohne Willen sind wie die Rotzbuben von der Städtischen Jugend, ja ja, ich weiß, ich weiß“, gibt der Biermösel mit schwacher Stimme den Allwissenden, bevor er dem Doktor Krisper noch einen Namen für seine Obduktionsliste zusteckt:

„Schreib auf: *„Knecht* Ruprecht! Auch tot, auch sehr tragisch!“

Wie aber die Zwillinge über das Erlebte hinwegtrösten? Soll er jetzt für sie die Schuhe platteln und sich dabei selbst ein paar Watschen geben?

„Nicht lustig!“, sagt die Manu.

Dann ballert er vielleicht lieber aus der Hüfte heraus das Bildnis vom Pfarrer Schwein aus dem Herrgottswinkel heraus? – Und peng!

„Wie schmeckt euch das?“

„Hurra!“, schreien die Zwillinge.

„Und dass der Gottesmann auch nicht mehr lebt, weil er vor kurzem unter sehr mysteriösen Umständen von einer Glocke bis zur Arschfalte hin gespalten worden ist, als Strafe für seine Schandtaten, wie schmeckt euch das?“

„Das schmeckt uns *très bien*“, sagt die Jennifer, die die Dramatischere von den beiden Zwillingen ist und auch die röteren Fingernägel hat, und der Doktor Krisper schreit begeistert:

„Wer ist noch gestorben, Biermösel, wer noch?“

Der Biermösel aber muss sich jetzt endlich um die Anni und ihre Perspektive kümmern. Er greift in den Hosensack und zählt ihr die Scheine herunter, dann legt er sie in ihre vom vielen Geschirrspülen rissigen Putzfrauenhände. Er umschließt sie mit seinen riesigen Pratzen, sanft wie ein Reh, und schaut ihr dabei tief in die Augen.

„Nimm, Anni!", sagt er. „Nimm es einfach und behalt es dieses Mal!"

„Biermösel!", seufzt die Anni, ganz aufgelöst von den vielen Tränen und zutiefst gerührt von dieser einmaligen Geste und respektablen Summe.

„Anni!", sagt der Biermösel.

„Biermösel!", sagt die Anni.

„Anni!"

„Biermösel!"

„Anni!"

So geht das dann noch ein paarmal hin und her wie im depperten Liebesfilmfernsehen, sodass es dem Biermösel fast schon ein bisserl fad wird, und bevor das noch lang so dahingeht, hat er eine Idee:

„Pass auf Anni, sag vielleicht einfach Edgar Evenhoe zu mir." Und im Hinblick auf die erwünschte Andockung im Gendarmerieerholungsheim in Kaprun drüben fügt er noch hinzu:

„So heiß ich nämlich. Wie früher der Zuchteber bei uns im Stall."

Na bumm! Damit haben dann die wenigsten gerechnet. Sein Vorname entpuppt sich als wahrer Stimmungsaufheller, das ganze Geld hätte nicht schaffen können, was sein Vorname schafft. Die Zwillinge zerreißt es fast vor Lachen, sodass ihnen der Doktor Krisper sofort die Prognose stellt, dass sie keine Psychiater brauchen werden. Und die Anni zerrinnt wie die Glasur auf der fetten Torte in der prallen Sonne, als sie das hört.

„Edgar Evenhoe", seufzt sie.

Sie hat ja in ihrem Leben weiß Gott genug Liebesfilme gesehen, wenn sie nicht gerade irgendwelche Scheißhäuser herausgewischt hat, sodass sie alle schönen und wohlklingenden

Namen von den ganzen Stars kennt, Ben Hur zum Beispiel oder Chuck Norris.

Aber „Edgar Evenhoe“, flüstert sie, das hört sich ja sogar noch besser an als das Hansi vor Hinterseer, das Clark vor Gable oder das Omar vor Sharif, du meine Güte: „Edgar Evenhoe Biermösel!“

Ich bin also wieder zurück im Spiel, denkt sich der Biermösel zufrieden, und er malt sich schon aus, wie und wann er den Meisterschuss aus der Winchester heraus endlich auf sie abfeuern wird.

Aber es liegt halt leider in der Natur der Weiber, dass sie den glücklichen Augenblick nicht lange festhalten können und stattdessen lieber alles Schöne zerstören, noch bevor es überhaupt angefangen hat. Warum sonst sollte ihn die Anni auf einmal fragen: „Magst vielleicht dableiben und eine Hendlsuppe mit uns essen?“

Da kann der Biermösel gar nicht anders, als dass er schon wieder einen Schlusssatz aus seinem Hirn heraus abfeuert, einen Klassiker der Kinderliteratur diesmal:

„Ich esse deine Suppe nicht, nein, deine Suppe ess' ich nicht!“

Und weg ist er. Hinaus und hinüber zu seinen Schweinderln im Stall drüben im Auerhahn, die ihm vielleicht sowieso von allen die Liebsten sind.

Greatest story ever told

Der Biermösel sitzt jetzt schon den dritten Tag hintereinander in der Wirtsstube im Auerhahn herüben und wartet. Und während er wartet, freut er sich auf den kompletten Besinnungsverlust samt der anschließenden Kolik, die ihn hoffentlich bald ereilen werden. Und während er sich freut, zischt er ein paar Flaschen vom Osterbock aus der Kiste, die ihm die Roswitha unter den Tisch gestellt hat, damit er nicht komplett entwässert, während er wartet, „sag einmal, Roswitha! Wird das heuer noch was mit mir und der Sisi?"

Die Roswitha ist in der Wirtshausküche verschwunden und bereitet sein Osterlamm vor, das früher Sisi geheißen hat und jetzt im Holzofenrohr drinnen liegt. Damit wird sie wahrscheinlich auch nicht gerechnet haben, dass sie einmal als Osterlamm endet, als sie als kleines Lutschi auf die Welt gekommen ist. Aber der Biermösel hat ja auch nicht damit rechnen können, dass sein Leben so deppert verlaufen wird, wie er als kleiner Biermösel vor 60 Jahren auf die Welt gekommen ist, „also reg dich nicht auf, du Sau!"

Zwar hat sich die Roswitha nach dem erfolgreichen Einbau vom halben Magen körperlich überraschend schnell wieder erfangen, da muss der Biermösel den Doktor Krisper auch einmal loben. So schnell, dass sie die Schweinderln schon wieder eines nach dem anderen abstechen, zerteilen, würzen und in den Ofen hineinschieben kann, in dem sie der Sisi jetzt noch einmal ordentlich einheizt, wegen dem Krusterl. Aber oft sind es ja sowieso nur Kleinigkeiten, die über Glück und Unglück in einem Menschenleben entscheiden, überrascht den Biermösel die positive Entwicklung von der Roswitha nicht: ein halber Magen mehr, ein ganzer Pfarrer weniger – schon lacht die Welt dich wieder fröhlich an!

Freilich wird es noch Wochen dauern, bis seine Schwester wieder die krankhaft fettleibige Wirtin auf der Höhe ihrer

Kunst ist. Aber da braucht einer wie der Biermösel jetzt keinen Positiv-Denke-Ratgeber-Schmöker mit elegant gedrechseltem Schlusssatz von ihm selber lesen, damit er die folgende Prognose wagen kann:

„Wird schon wieder werden, Roswitha!"

Der Biermösel ist also – nach allem, was in den letzten Wochen dagegen gesprochen hat! – wieder eingeschwenkt in die Umlaufbahn von seiner häuslichen Routine, und aus der sicheren Trutzburg der Wirtsstube heraus, in der er es sich in seinem Winkerl auf dem warmen Polsterl unterm Arsch wohlig eingerichtet hat, rekapituliert er die zurückliegende Karwoche, du meine Güte! Eine so eine depperte Karwoche wie die zurückliegende will er nicht noch einmal erleben!

Natürlich wäre der Biermösel jetzt lieber in Kaprun im Gendarmerieerholungsheim drüben und täte dort gerne die Anni packen, ein ums andere Mal, immer und immer wieder – „Roswitha, das hättest sehen müssen, wie ich die Anni ein ums andere Mal gepackt habe, immer und immer wieder!" (Der Mensch braucht immer zwei Wahrheiten.) Aber dann hat sie ihm ja unbedingt eine Hendlsuppe anbieten müssen, und er Hendlfeind hat die ganze Strecke weg von der Anni bis hinüber zum Frisörsalon *Bleich und Fön* nur noch geweint, weil er mit seiner strikten Ablehnung vom Hendl bei der Anni natürlich wieder komplett aus dem Spiel gewesen ist, aber muss sie ihn denn wirklich so quälen?

„Bist du depperte Idiot!", hat der Doktor Krisper mit ihm geschimpft, als sie gemeinsam von ihr weggefahren sind, durch die ganzen Federn hindurch, die um ihr Haus herum gelegen sind. „Hast du Chance groß wie Eiersack von stärkste Zuchteber auf Welt, und dann geht alles hinunter den Bach, nur weil du magst kein Hendlsuppe, bist du deppert?"

Aber da reden natürlich immer die Richtigen!

„Und wieso hab ich dich noch nie mit einer Frau gesehen?", hat der Biermösel sofort gekontert, wie es die Lektion 134 (sofort den Spieß umdrehen!) vorschreibt, und sein Gegenschlag hat die Wirkung nicht verfehlt.

„Ach, Biermösel", hat der Doktor Krisper sofort angefangen den Blues zu singen, „muss ich ehrlich mit dir sein, wie du warst auch ehrlich mit die Anni: Bin ich homosexuell bis dorthinaus, sprich: Bin ich schwule depperte Drecksau, was ist in diese Gegend schlimmer als Goldhaube auf Negerwolle. Bitte Biermösel, nimm deine Glock aus deine Halfter und schieße mich aus Hüfte heraus über Haufen, wie du alle über Haufen geschossen hast in letzter Zeit. Mag ich nicht mehr, kann ich nicht mehr, will ich nicht mehr einsam sein!"

Aber da hat ihm der alte Bulgare natürlich nichts Neues erzählt! Längst hat der Biermösel beobachtet, dass auch der Landarzt mit dem Hang zur schnellen Notoperation einer ist, der den kleinen Finger abspreizt, wenn er das Rezept ausstellt, und der die Hand in die Hüfte stützt, wenn er mit dem Hämmerchen die Reflexe im Knie prüft, längst hat er all das gewusst. Er hat ja lange und eingehend genug den Frisör Manfred samt Gestik und Mimik vom Feldherrenhügel aus studiert, und er hat genug Zeit gehabt, dass er Gestik und Mimik vom Frisör Manfred mit Gestik und Mimik vom Doktor Krisper vergleicht, sodass er eine ungefähre Ahnung davon gehabt hat, warum er die zwei noch nie mit einer Frau gesehen hat.

Damit aber in diesem Frühling wenigstens einer von ihnen beiden die Winchester abfeuern und das Magazin entleeren kann, hat der Biermösel den Doktor Krisper kurz vor Ladenschluss beim Frisörsalon *Bleich und Fön* abgesetzt. Dann ist er mit ihm hinein und hat dem Schnittmeister gesagt, dass er dem Herrn Doktor doch bitte den lichten Haarkranz ein bisserl stutzen soll. („Aber schon die Ohren auch ausschneiden, nicht nur den Nacken!") Und was die zwei dann gemacht haben, sobald der Haarkranz geschnitten und die Rollläden heruntergelassen waren, wer von ihnen beiden dabei die Biene war und wer die Blume, das hat ihn nicht mehr interessiert, nachdem er selbst längst wieder einsam auf seiner Fips dahingeritten ist, nicht alles geht jeden was an im Leben, ist dem Biermösel seine entschiedene Haltung zur Privatsphäre – „Roswitha, das hättest du sehen müssen, wie der Doktor Krisper den Frisör Manfred bestäubt hat!"

Der Biermösel kratzt sich jetzt ein bisserl am Arsch, an dem die Wunde schorft, die ihm die Rotzbuben im Häuserkampf zugefügt haben, auf die freut er sich jetzt auch schon wieder. Nach den Osterferien, wenn sie wieder lieber am See herumrudern, anstatt brav in der Schule zu lernen, wird er dort auf sie warten. Zwar ist er ansonsten kein Süßer, aber bei der Rache will er eine Ausnahme machen. Bis dahin wird er auch sein Munitionsdepot wieder aufgefüllt haben, und dann schaut er sich an, wer von ihnen zuletzt lachen wird, sie von der Dörflichen Jugend oder er von der Ländlichen Gendarmerie – und peng! Schon werden wieder alle Schlagzeilen ihm gehören.

Die neueste Ausgabe vom *Ländlichen Boten* hätte einen weniger gefestigten Charakter als ihn („Kruzifix, Roswitha! Ich stech dich gleich ab, wenn das nicht schneller geht mit der Sisi!") sicher zum Abheben gebracht.

„WER IST ER?", steht da in großen Buchstaben vorne drauf, über einem Foto, das ihn im Frisörsalon vom Frisör Manfred zeigt, und zwar genau in dem Moment, in dem er aus dem Kanal herausgekommen ist, na bravo!

Der Aufstieg aus dem Kanal heraus hätte unzweifelhaft seinen Eintritt in die Unsterblichkeit bedeuten können, er hätte sich damit seinen eigenen Betonsockel zementieren können, auf dem er dann in einer allzu schnelllebigen Zeit als bronzene Heldenbüste die Ewigkeiten überdauert hätte, wenn – ja wenn! – er Komplettttrottel nur ohne Sexmaske am Schädel, dafür aber mit dem Hasenscharten-Ulf anstatt der Sau Trudi unterm Arm aus dem Kanal heraufgekommen wäre, um den Auftritt in den Abendnachrichten neben der dramatisch gewellten Schwarzhaarigen hätten ihn alle beneidet!

Nach wochenlangem „WO IST DER ULF?“ hätte die Lois Lehn endlich „DA IST DER BIERMÖSEL!“ schreiben müssen, und wenn er zuvor nicht Selbstjustiz am Pfarrer Schwein geübt hätte, dann hätte er der lästigen Reportermeute auch gleich einen Täter präsentieren können. So aber wird die Welt von seinen Heldentaten nie etwas erfahren, „Roswitha, das hättest du sehen müssen, wie ich Selbstjustiz am Pfarrer Schwein geübt habe – und peng!“

Der Biermösel gönnt sich jetzt noch einen Osterbock, damit die eine Kiste endlich leer ist und er die nächste anfangen kann (damit er nicht entwässert!). Bereuen tut er aber nicht, dass er Selbstjustiz am Pfarrer Schwein geübt hat, bereuen tut er allenfalls, dass er sie nicht schon früher geübt und den Meisterschuss abgefeuert hat. „Wie hat denn so was passieren können?“, jammern jetzt wieder alle an den Stammtischen im Tal, „so eine schöne Glocke kann doch unmöglich einfach herunterfallen! Und wo sind denn bitte überhaupt die ganzen anderen hin verschwunden, die früher im Ort gelebt haben?“

Aber die ganzen Fragen nach dem großen Schwund von der kleinen Gemeinde werden natürlich auf ewig unbeantwortet bleiben, weil letztlich nur er alle verzwickten Zusammenhänge kennt, „oder was glaubst du, wer den Ulf unten im Kanal von hinten gesehen hat? Und was glaubst du, was der Pfarrer Schwein für Federn am Hosentürl picken gehabt hat, Roswitha, glaubst du vielleicht, das waren keine Hendlfedern?“, schreit er in Richtung der Küche.

„Nur ich weiß, wie das alles zusammenhängt! Der gespaltene Pfarrer. Die ruinierte Hinteransicht vom Hasenscharten-Ulf. Und die Hendlsuppe von der Anni! Nur ich kenn die ganze depperte Geschichte, Roswitha, hörst du mir eigentlich zu?“

„Great story!“, hört der Biermösel auf einmal von ganz weit hinten in der Wirtsstube einen „Great story!“ sagen, und jetzt merkt er endlich, dass ihm ja eh schon die ganze Zeit einer zuhört, „sag einmal, Roswitha, was ist denn das für ein Vogel?“

Einer von den Pharisäern vielleicht, denkt er sich, der den ganzen Wahnsinn der Fasterei bis jetzt durchgehalten hat und der jetzt hofft, dass die Schweinsbratenexzesswochen „Fett extra fett" nach der allzu freudlosen Zeit endlich nachgeholt werden, nachdem endlich kein Pfarrer mehr da ist, der ihm über die Schultern schaut.

Der Biermösel leuchtet den Überraschungsgast mit seiner Stabtaschenlampe an, aber das Glumpert leuchtet natürlich nicht mehr weit genug! Und hinter seinem beunruhigenden Schleier aus Schwarz, der ihm vor den Augen hängt und einfach nicht mehr weggehen will, sieht er sowieso nichts.

„Great story!", hört er den Fremden immer wieder sagen. Aber da ist er beim Biermösel natürlich an den Falschen geraten:

„Red noch einmal so deppert mit mir, und ich schieß dich über den Haufen!"

Dabei hat er ja gar keine Kugeln mehr, denkt er sich müde. „Ein bisserl zu viel herumgeballert in letzter Zeit, und ein bisserl zu viele Leichen angehäuft, verstehst?", wendet er sich an den Fremden da drüben persönlich, warum auch nicht, wenn ihm sonst keiner zuhört.

„Magst einen Osterbock, damit du nicht komplett entwässerst?"

„Yeah!"

„Dann lass es halt bleiben!", sagt der Biermösel beleidigt und feuert mit einer leeren Bierflasche nach ihm.

Aber der Mensch hat halt so ein Bedürfnis, dass er erzählen muss, wenn er was erlebt hat. „Oder glaubst du vielleicht, der John Wayne hat nicht sofort von den Viehdieben erzählt, kaum dass er von der Selbstjustiz an den Viehdieben nach Hause gekommen ist?"

„Great story!"

„Jetzt weiß ich auch, warum der Tripischovski letztlich wirklich so reumütig zurückgekommen ist in die saftige Heimat, interessiert dich das?"

„Tell me more!", sagt der Fremde begeistert.

„Na dann nicht!", sagt der Biermösel beleidigt.

Wen es aber schon interessiert, der soll sich bitte draußen auf der Wäscheleine seine Ganzkörperunterhose anschauen, die er der Roswitha zum Waschen gegeben hat, weil sie zwar nach außen hin unbefleckt war, nach innen hin aber den ganzen Gestank der Welt aufgenommen hat, Stichwort: Achselschweiß!

Wenn der Kunstfaserdreck made by Tripischovski nach der Kochwäsche jetzt einer Maus passt, dann kann sich die Maus darüber freuen, er selbst kann die Unterhose nicht einmal mehr mit freiem Auge sehen! „Und weißt du warum? Wahrscheinlich hat der Trottel einfach vergessen, dass er ihnen gesagt hat: Nicht zur Kochwäsche geben! Nur mit der 30°-Buntwäsche waschen! Verstehst?"

„Don't cook it!", kichert der seltsame Gast in der hintersten Ecke, und dann hört der Biermösel wieder den Stenoblei über den Stenoblock kritzeln.

„Fucking great story!"

Endlich kommt die Roswitha dann doch noch in die Wirtsstube, und kurz durchfährt den Biermösel noch einmal der kalte Schauder der Angst, weil sie das Schlachtermesser in der Hand hält. Ganz sicher ist er sich dann nicht, ob sie ihn nicht doch noch abstechen will, als sie ihn an den Haaren packt und ihm das Messer ansetzt:

„Vorne kurz, hinten fesch? So, jetzt schaust wieder wie ein Mensch aus, wie ein normaler!", sagt die Roswitha nach der kurzen Behandlung, und dann bringt sie endlich mit der Scheibtruhe die Sisi herein und in den zwei Kübeln das Kraut und die Knödel, es ist dann doch noch ein würdiges Osterfest geworden, und ruck-zuck hat der Biermösel alles verputzt, bravo! Und der Besinnungsverslust sitzt dann auch schon neben ihm und lächelt ihn freundlich an, als die Roswitha sagt:

„Ich geh schlafen."

„Ja, geh du schlafen!", sagt der Biermösel und macht die Fensterläden zu.

Die Frischluft hat wieder das Kommando im Tal übernommen nach all den Tagen des Leides, und statt der donnernden Glocken hört er jetzt die rollenden Donner, die durch den engen Taleingang hereinkommen, begleitet von den wilden Reitern, die mit ihren Blitzen den Gebirgskamm erleuchten, jetzt aber doch!

Da werden sich die ganzen Betriebsausflügler, die noch in ihren Autobussen unterwegs sind, ein bisserl in die Hose scheißen, wenn sie nicht rechtzeitig aus dem Tal hinausgekommen sind, da werden ihm morgen wieder einige verängstigte Autobusinsassen über den Weg rennen wie die Wahnsinnigen und Elenden ein paar Tage zuvor, wenn das kleine Bächlein nämlich über die Ufer getreten sein wird und ganze Reisebusse mit sich gerissen hat, herrlich!

Aber keine Sorge, Leute!

Es wird wieder die Sonne scheinen, und dann wird im Kanal unten wieder genug Platz sein für alle, weil so ein Gewitterregen alles aus dem Kanal hinwegspült hinunter ins Rote oder ins Schwarze Meer oder weiß der Teufel wohin, jedenfalls weg! Und dann wird wieder genug Platz im Kanal unten sein für euch ganzen Depperten und Wahnsinnigen, die ihr hineinspringen wollt, wenn es nach dem Biermösel geht, soll die depperte Bundesregierung die ganzen verbliebenen Deckel endlich auch noch wegräumen, damit mehr Platz ist für alle, ihm kann ja wie gesagt der Schwund von der kleinen Gemeinde nicht groß genug sein!

„Kommst du dann?", hört der Biermösel auf einmal die Roswitha aus ihrer Kammer herunterschreien. „Kommst du dann und schmierst mir meine Wunde am Bauch ein?"

„Ja!“, schreit der Biermösel zurück. „Ich komme dann und schmier dir deine Wunde am Bauch ein!“

Er steht langsam auf und lässt ein paar von den überschüssigen Gasen entweichen, nach oben hin, sodass die Hirschgeweihe an der Wand ordentlich wackeln, und nach unten hinten, sodass der Dielenboden vibriert, so stark, dass man meinen könnte, draußen fahren die Amerikaner im Panzer vorbei und bringen ihm eine neue Unterhose.

„Ich brauch aber keine neue Unterhose mehr von euch!“, schreit der Biermösel hinaus, „weder vom Superman noch vom Schweinchen Dick!“

Den seltsamen Gast aber haben die Vibrationen auf seinem Holzsessel ein paar Meter zum Biermösel hergeschoben, sodass er ihn jetzt endlich sehen kann:

Ganz schön breite Hosenträger!, denkt er sich. Und ein ganz schön weißes Hemd! Und eine ganz schön dicke Brille! Der ist sicher nicht von da, so viel steht fest!

„Weißt du eigentlich, warum ich keine neue Unterhose mehr brauche?“, fragt ihn der Biermösel, als er sich die Hose hinaufzieht und das Hemd tief hineinsteckt.

„Ich bin das kleine Ich-bin-Ich, verstehst? Nix Superman, nix Schweinchen Dick. Nur der Edgar Evenhoe Biermösel, der Meisterschütze und Heilsbringer.“

„Great story!“, sagt der schon wieder, und jetzt geht er ihm dann wirklich auf die Nerven.

Als der Biermösel endlich in die Kammer von der Roswitha eintritt, hat sie schon ein Nachthemd für ihn bereitgelegt, „danke herzlich!“, dann wäre diese Frage auch gelöst.

Der Biermösel schlüpft hinein und setzt sich zu ihr ans Bett, wo sie schon wie aufgebahrt daliegt, mit dem Arsch nach unten diesmal und der Wampe nach oben, du meine Güte! Da ist er wieder ganz froh, dass er schlecht sieht in letzter Zeit, mit dem schwarzen Schleier vor seinen Augen.

Unsicher greift er in den Hirschblutsalbentiegel hinein, den ihr der Doktor Krisper für die Wunde aufs Nachtkasterl gestellt hat, und fängt an, ihre Wunde zu suchen, da ist sie ja!

Nach einer ersten Ad-hoc-Abtastung kommt ihm vor, dass der Doktor Krisper gute Arbeit geleistet hat, sogar ein bisserl Fett hat sie schon wieder angesetzt, bravo! Nur den einen Faden da hat er vergessen zum Herausziehen, der stört jetzt ein bisserl beim Einschmieren – und hoppala!

„Sag einmal, bist du deppert!", schreit ihn die Roswitha an, als der Biermösel sie wieder aufmacht und ihr Innerstes nach außen kehrt, „mach das sofort wieder zu, du Spinner! Und dann tu vielleicht endlich deine depperte Brille herunter, glaubst du vielleicht wirklich, du hast das Zeug zum Filmstar, nur weil du jetzt Edgar Evenhoe heißt? Ist ja kein Wunder, dass du nichts siehst!"

Gott sei Dank ist die Roswitha der bodenständige und geerdete Typ, sonst hätte er womöglich früher schon abgehoben, denkt sich der Biermösel und nimmt endlich die General-Jaruzelski-Brille ab, jetzt braucht er sie ja wirklich nicht mehr, kein Bär weit und breit, der ihn fressen will. Nur die Roswitha, zu der er sich jetzt ins Bett legt. Und als er dann endlich das Licht abdreht, da hört der Biermösel draußen vor der Tür noch einmal den seltsamen Gast, der vom Gangklo in seine gemietete Kammer zurückhuscht, und dann hört er ihn noch einmal zufrieden sagen:

„Greatest story ever told!"

„Wer ist er eigentlich?", fragt der Edgar Evenhoe Biermösel noch einmal seine Schwester, bevor er sich die Decke über den frisch rasierten Schädel schlägt.

„Na der Bob Woodward von der Post in Washington drüben."

„Du meine Güte!", ist der Biermösel nicht sehr beeindruckt von ihrem ersten Gast seit 35 Jahren. „Ein Briefträger!"

Dann dreht er sich auf die Seite und schnurrt zufrieden wie die Miezekatze im Liebesfilmfernsehen, weil er spürt, dass es nicht mehr lange dauern wird und ihm die Kolik alle Därme zerreißt.

Herrlich ist das, denkt sich der Biermösel, einfach herrlich!

Manfred Rebhandl

Lebensabende und Blutbäder

Der erste Biermösel-Krimi

Broschur
224 Seiten
Euro 15,–
ISBN: 978-3-7076-0075-9
www.czernin-verlag.com

Der Biermösel wartet in den permanenten Wetterkapriolen des Ausseerlandes auf das wohlverdiente Hinübergleiten in den Lebensabend. Doch leider halten den klapprigen Gendarmenkörper zwei schwerwiegende Delikte vom gemütlichen Warten ab: der Raub zweier Touristen-Handtaschen durch zwei mutmaßliche Rotzbuben. Und das Verschwinden diverser Kampfhunde mutmaßlich durch den Scheinasylanten Mao Tse Tung (nicht verwandt, nicht verschwägert!)

Als dann auch noch der Nachtklubkönig Schlevsky aus dem deutschen Osten in gröbere private Turbulenzen gerät und vor diesen Zuflucht in seinem Flachdach-Refugium in Aussee sucht, weiß der Biermösel aus seiner gewissen Erfahrung heraus, dass wieder das Schlimmste passieren wird.
Und Recht hat er!

Manfred Rebhandl

Löcher, noch und nöcher

Der zweite Biermösel-Krimi

Broschur
224 Seiten
Euro 15,–
ISBN: 978-3-7076-0206-7
www.czernin-verlag.com

Der Biermösel trotzt mit immensen Zahnschmerzen den gewaltigen Schneestürmen im Ausseer Land. Ein Goldhaubendiebstahl und ein aufgebrochener Opferstock in der Kirche begleiten ihn in Richtung Weihnachtsfest.

Dazu kommen seine Probleme im amourös-zwischenmenschlichen Bereich: Die von ihm begehrte Putzfrau Anni zieht mit dem Hallodri Jackpot Charlie auf dem Eislaufplatz ihre Runden, und sogar seine Schwester Roswitha bricht aus der häuslichen Routine aus, als sie zum Weihnachtskonzert des Schmusesängers Shubidu Jack in Goisern drüben fahren will. Außerdem hat ihm die katholische Kirche mit ihrer einsamen Entscheidung für die Silbertanne als allein seligmachenden Christbaum sein Geschäft mit den Buchen versaut! Kein Wunder also, dass niemand auf der Welt Weihnachten mehr hasst als der Biermösel. Da helfen dann nur noch die gelben Tabletten vom Doktor Krisper – „gelb wie die Sonne!“